KB261449

한 노동자가 위험하다

일과시 제5집

갈무리

1999

· 제5집을 내면서

회현역 지하도를 걸어가며

시가 시시해졌다. 밥도 아니고 무기도 아니다.
그럼 무엇이지?

늦은 밤 회현역 지하도를 지나간 적이 있다.
남대문 시장이 막 열리던 그 시간, 술에 취해 집으로
돌아가고 있었다.
노숙자들이 제 각각의 자세로 자리를 차지하고 누워
잠이 들어 있다.
지하도 중간쯤을 지나갈 무렵 젊은 아비의 품에 잠든
어린 사내아이가 눈에 들어왔다.
아이의 머리맡에는 이백미리짜리 우유 한 통이 놓여
있었다. 내일 아침에 먹을 아이의 양식이리라.
나는 목이 메었다.
무엇이 이 아이를 차가운 거리로 내몰았는가?
누가 이 광경을 시로 쓸 것인가.

　시인들이여! 그대들은 지금 포근한 잠자리에 들었을 것이다.

　이 나라의 똑똑한 지식인들도, 말 잘하는 정치인들도 잠자리에 들었을 것이다.

　이제 가난이라든가, 낯익은 슬픔은 시가 되지 않고 슬로건이 되지 않고 돈이 되지 않는가?

　이제 다시 현실로 돌아가자.

　이십일세기가 우리에게 중요한 건 단지 새로운 시간이기 때문이다.

　비겁한 시인들이여, 이제 불 꺼진 이 땅의 지하도로 내려가 그들과 잠자리를 같이 해보자.

일천구백구십구년 시월

일과시

차례

손상열

김가홍

1957년 전남 순천에서 태어남

1984년 『실천문학』을 통해 작품활동을 시작

시집으로 『공친 날』이 있음

순천에서 철근일을 하고 있다

휴식시간

지친 몸 눕히려
손바닥만한 햇살 끌어안고
떨고 있는 사람들이 창을 연다.

목수 일은 어때요?
다 마찬가지 아니오.

내려치고 후려치고 흠 잡아 치고
불만 있으면 떠나라
세상 활개치는 오야지
이 노옴!
이놈의 아이·엠·에프

휴면기 · 2

놈팽이 된지 석달
빛이 닿는 창가에 꿈바라기로 서성이다
지치지도 않는 시계와 마주 앉으니
다리보다 지친 전화통이
따르르르으 떤다.

"집 봅니까?"

"집안에 있어서
집을 볼 수 없습니다."

상처의 이유

노는 일도 색깔이 바래질 때
농사 짓던 고향에 내려가
감을 딴다.

감 따는 일이 어찌 공사판 철근일 같겠냐만
이십 구 미리 철근 같은 간짓대 아가리 만들어
주둥이 찢어지지 않게 칭칭 동여매고
감 달린 가지를 뚝뚝 꺾어 따니
속 상처 함께 하는 객지 벗님 심보는
저걸 어쩌까이 …… 아니 저걸, 애간장을 끓이지만

아서라 감나무는
아무쪼록 싹수있는 가지 여지없이 끊어 상처 만들면
잠든 눈들 깨쳐 일어나
봄날 낮밤이 난리인 것을
상처가 많을수록 꽃난리인 것을

개꽃

꼭끼요오!
새벽 전령이 왔다
가야지 아이고 어서 가야지
잠결인 듯 생시인 듯 무거운 몸 일으켜
늙은 부모 진짓상 차려 덮고 물밥 먹고
낡은 잠바 껴입고
사립문도 없는 집 나서다가
찬바람에 이마를 맞고 돌아선다
미친년!

넉살 좋은 남편 지 무슨 삿갓이라고
온 나라 떠돌고
산골 전답 몇 달뱅이로는 앞길 헤치기 어림없어
정미소 꺼끄러운 왕재 담는 일 그나마 단비 같아
새벽마다 아장 운다는 산길도 내달렸는데
어느 날 갑자기
왕재 쏙쏙 빨아들이는 기계
견딜 만한 일자리 빨아먹고
어젯밤 꿈은 내일도 한 공수 올리리란 단맛으로 범벅

이었는데
  헛물을 들이키는 오늘은 또 무엇을 꿈꿀까
  다 큰 자식들이야 내비두더라도
  비료야 약값이야 세금이야 반찬값이야
  썩어빠질 사람이 만든 기계에 사람이 쫓겨나다니
  관절통 신경통이 지랄이구나
  근육통 편두통이 지랄이구나
  어느새 참꽃 지고
  잠마저 달아난 새벽
  환장병에 떠도는 김삿갓이나 조질까
  뻥뚫린 가슴 소주를 붓는
  이 개좆같은 세상
  씨오쟁이나 만지는
  개꽃 같은 년

삽질

무더운 날들
살길 찾아 노가다 떠돌다 낡은 몸
돌아와 돌아보면 무엇이 그리도 힘들었나
버려둔 밭은 잡초만 너울거려

오늘은 기어이
파 엎어야지.
괭이를 찾으니 자루가 썩어 버렸네.
잡풀 숲에 삽날을 꽂고
힘껏 밟으니 삽날이 찢어져
풀뿌리 하나 자르기 힘들구나.
요령을 부려보니
삽자루가 썩어 부러지네.
썩은 자루 잘라낼 톱은 이가 빠지고
짧게 잡고 힘을 주니 장난질 같아

해 떨어지기 전에
새로운 삽 한 자루 구해 와
땅을 파 엎는다.

썩어버린 세상보다 잡초 무성한
이 마음
바로 지금
새싹을 틔우는 꿈으로
철근을 세우던 첫 힘으로

김명환

갈매기의 꿈

봄비

송별회

1959년 서울에서 태어남

1984년 실천문학사의 신인작품집

『시여 무기여』를 통해 작품활동을 시작

시집으로 『우리를 헤어져서 살게 하는 세상은』이 있음

전동차 승무원으로 일하고 있다

갈매기의 꿈

내가 희망을 버렸을 때
비겁해지지 않기 위해서
모든 사람들을 저주했을 때
나의 노래는 입 속에서 맴돌고
옛날은 추억으로만 있었다
산다는 것이 조금은 외롭고 쓸쓸하기 때문에
아름답던 옛노래의 기억을 뒤로 하고
끝없이 멀어져가기만 하는 저녁바다처럼
어둠에 잠겨들 수 있었던 것일까
왜 나는 삶에 지친 갈매기가
돌아갈 곳이 없다고 믿었던 것일까
나의 노래는 이렇게 끝없이
가슴 깊숙한 곳에서 흐르고 있는데

봄비

실업의 거리에 비가 내린다
나는 우산도 없이 걷는다

내일이면 일자리가 없어진다
먹고살기 위해
너무 많은 힘을 써버린 나에게는
비축된 식량도 무기도 없다

내일이면 나는 식솔들을 이끌고
길거리를 헤메이거나
무기고를 털어야 한다

실업의 거리에 비가 내린다.

송별회

아세아시멘트 덕소공장 한반장이
제천으로 발령 나던 날
하화반 사람들은 소주를 마셨다
재구는 먼 산 쳐다보며 작대기를 쑤셔대고
고씨는 꽈당꽈당 화차를 박아댔다
허허벌판에 싸이로를 세운지 십사 년
출하량은 다섯 배로 늘고
공장은 두 배로 커졌는데
오십이 넘은 한반장
죽어도 사표는 쓸 수 없다고
가슴에서 칼을 꺼낸다
생목살 타들어 가는데 조씨 소주를 붓는다
이글거리는 불꽃에
끝내 한반장 울음을 터뜨린다.

김용만

연

김도연

달밤

뒷북치고 사는 놈

황토

몸이 아파서야 사람이 된다

밤나무밭 비탈에서

이제 알겠다

1956년 전북 임실에서 태어남

1987년 『실천문학』을 통해 작품활동 시작

북경에서 간판일을 하다 병을 얻어 쉬고 있다

연

고가도로 한쪽
웃통 벗고 쭈그리고 앉아
칠월의 하늘 높이
연을 올린다

매케한 매연 냄새
자욱히 떠도는 대륙의 땅
북경의 한 고가도로 위에서
자본주의에 물든 내가
내 나라도 아닌 이 곳에서
저 거대한 자본의 물결 앞에
위태롭게 바람타는 연 하나에
왜 가슴이 아픈가

희망일까
슬픔일까
무너진다는 것이
하늘높이 치솟는 새로운 집들이

이 더위에도
놓칠 수 없는 씨줄 하나 움켜쥐고
검은 하늘 바라보는 저 노인

연줄 한번 당겨주고
팽팽한 줄 풀어
아, 세상 한번
아슬 아슬 물구나무도 서 보고

김도연

도연이는 내 딸인데요
맨날 늦잠만 자구요
외할머니에게 어리광만 피워요
유치원 갈 때마다
할머니하고 옷 때문에 맨날 싸우고요
아빠에게 맨날 일찍 데리러 오라해요
하지만 도연이는
아빠를 좋아하기 때문에
아빠도 도연이가 좋아요
시집 안가고 아빠랑 산다며
잠잘 때는 아빠 옆에서 자구요
그림도 잘 그려요
변비 때문에 화장실에 들어가면
아빠도 들어가 함께 힘을 써줘요
그래도 아빠는 도연이가 정말 좋아요
도연이가 내 딸이기 때문이지요

달밤

북경의 변두리 돌아와
창밖 아파트 불빛들 바라본다
긴 긴 명절 끝
대보름 밤

두고 온 아내와 아이들 그리워
달빛을 밟고 선다

수없이 터지는 폭죽따라
달빛 흩어져 떠다니고
떠다니는 달빛따라
아이들 흩어졌다 모이고

밤은 깊은데
갈 곳 없어
발 시린 밤
저 달 속에
그리운 우리 눈 마주치는구나

마음이 깊으면 달도 밝다
그리운 내 사람들아

뒷북치고 사는 놈

동창모임 갔더니
열명 넘는 친구들 중
운전면허 없는 놈
은행카드 없는 놈
나 하나였다

글쓰는 모임 갔더니
컴퓨터 없는 놈
핸드폰 없는 놈도
역시 나 혼자였다

그렇다면
그들 모두
이 세상 떠난 후
혼자 남아 있을까

아내 말대로
늘상 뒷북치고 사는 놈

황토

바람부는 솔숲 아래
붉은 황토 깊이 깊이
아버지 유골
가지런히 묻어 두고

자다 깨다
자다 깨다

서울역에
내려서니

끝내
구두끝에 묻혀 온
아버지의 붉은 살 한 점

몸이 아파서야 사람이 된다

몸이 아파서야 사람이 된다
자식이 되고
남편이 되고
애비가 되어
몸이 아파서야 사람 노릇한다

싱그러운 풀꽃 핀
산길도 걸어 보고
어머니는 어떤가요
강가 정자나무는
올해도 잎을 곱게 피웠던가요
홀로 계신 어머님께 전화도 해보고

아내 아이들 손잡고
용두산에도 올라보고
남포동 사람들 속에 묻혀
걸어보고
기웃거려 보고

골병이 들어서야
비로소 나는 사람이 된다
자식이 되고
남편이 되고
애비가 된다

밤나무밭 비탈에서

어머니 칠순날
흩어진 형제들 돌아와
일손없어 벌겋게 쏟아진
밤나무밭 비탈을 타고 밤을 줍는다

한 형제로 태어나
살비비고 살다
지 어미 버려두고
떨어져 흩어진 알밤이다, 우리

우리 이렇게 돈도 한 번 주워봤으면
무거울 거야
웃다가
마대 둘러메고
강길에 내려서 뒤돌아 보면
흩어져 딩구는
빈 밤송이들

버려두고 서둘러 떠나는

자식들 안쓰러히 바라보다
여윈손 흔들어
가을빛에 흔들리는
내 어머니

이제 알겠다

1
꽃피워 오르더니
단풍들어 내린다
이름없는
저 산 하나
오늘
온전함을
이제 알겠다

2
높은 곳에 있는 자들
옷 쌈질이고
낮은 곳에 있는 자
밥줄 쌈이다
사람사는 세상
오늘
이리 어지러움을
이제 알겠다

김해화

지금

빈집

사랑

은행나무 아래서

1957년 전남 순천에서 태어남
1984년 실천문학사의 신인작품집
『시여 무기여』를 통해 작품활동을 시작
시집으로 『인부수첩』, 『우리들의 사랑가』가 있음
창원에서 철근일을 하다가 발목을 다쳐
두 해가 넘도록 치료를 받고 있다

지금

일만 보고 살던
한 노동자가 위험하다

노동자인 남자
남자만 보고 살던 한 여자
여자의 남편이 위험하다

노동자인 아버지
아버지만 보고 사는 아이들
아이들의 아버지가 위험하다

여자의 남편인
아이들의 아버지인
노동자
한 노동자의 아내와 아이들이
위험하다

한 세상이 위험하다

빈집

일 찾아가다 고향집 들러

엄니 엄니 부르네

오늘도 재 넘어 재생 공장 가셨는가

대문도 안 잠그고

회갑 지난 어머니 기척 없는 빈 집

새끼고양이 한 마리 도망치고 난 장끄방*

그 옆에 큰 도가지*만 한

봉숭아 무더기 희고 붉은

꽃숭어리

*장끄방 - 장독대를 일컫는 전라도 말
*도가지 - 독, 커다란 항아리를 일컫는 전라도 말

사랑

꽃이 있네
키큰 풀무더기 가시덤불 가로막아
가까이 다가갈 수 없는 언덕
이쁜 향기로운 사랑스러운
구절초 피어 있네
다가갈 수 없으니 안타까워라
썸벅썸벅 날 선 낫 한 가락
있었으면

저 말끔한 꽃 꺾고 싶어지는 마음
댕강
잘라 버리고 싶네

은행나무 아래서

비 개이더니
은행잎 새로 돋습니다
시절 좋아진다는데
오늘도 흐지부지한 인력시장
우리는 맨날 요 모양이냐고
몇 사람 갈곳 없어
되돌아와 은행나무에 등 기댑니다
지난 가을 은행잎 쏟아지고
내 모가지 떨어졌습니다
수북히 쌓인 은행잎
서둘러 쓸어 치운 나라
한뎃잠으로 뒹굴던 모가지들도
깨끗하게 치워졌습니다
좋은 시절 은행잎 새로 돋습니다
내 모가지 떨어진 자리
누군가 새로 모가지 달겠습니다

서정홍

1990년 마창노련문학상 받음

1992년 전태일문학상 받음

시집으로 『윗몸일으키기』, 『58년 개띠』,

『아내에게 미안하다』가 있음

창원에서 우리 농촌과 환경을 살리는 일을 하고 있다

풍경 · 3

가음정 소방서 맞은쪽
세계사진실 앞
과일장수 아저씨
비가 오나 눈이 오나
쉬는 날이 없다

이른 봄날
소쿠리에 딸기 쌓는 모습
얼마나 정성스러운지
지나가던 사람들
우두커니 바라보고 섰다

버릇

언제부턴가, 꽃을 보면
만지는 버릇 생겼습니다

겨울이 여름보다 더운 온실 속에서
꽃들 피는 걸 보면서
집집마다 가게마다 플라스틱꽃 피고
종이꽃 피는 걸 보면서
진짜꽃인지 가짜꽃인지
만져서 확인하는 버릇 생겼습니다

사철 가리지 않고 꽃 필 때부터
꽃이 꽃이 아니라
꽃이 돈이 되고
사람이 사람이 아니라
사람이 돈이 되고 난 뒤부터
아름다운 꽃을 보면
만지는 버릇 생겼습니다

속지 말아야겠다고
어리석게 속고 사는 것도
죄가 되지 않겠느냐고

슬프도록 아름다운 그리움이

　어디로 가든 나는 그곳에 있었다. 먹고 사느라 정신 없이 살다가도 잠시 뒤돌아보면 나는 늘 그곳에 있었다. 내가 태어나 자란 곳 마산시 월영동 골짜기 가난한 산골 마을. 낮은 언덕 아래 쓰레기장에 모여 구멍 난 검정 고무신을 때우고 배고프면 뒷산 언덕에 올라가 입술 시커멓도록 칡을 캐 먹고, 주인도 모르는 고구마밭 옥수수밭에 들어가 서리를 하고 달빛 아래 비친 얼굴 서로 바라보며 웃던 동무들. 날이면 날마다 골목길에 술취한 어른들 다투는 소리 지긋지긋하게 들리던 마을. 아, 꿈에라도 떠올리기 싫던 마을. 나이 들고 이제사 생각하니 가난한 살림살이 눈물 많던 사람들. 밥 한끼 굶어도 서로 술 한잔 나눌 줄 알던 사람들. 밤새 싸우고 얼어터져도 날만 새면 언제 싸웠느냐는 듯이 웃고 지내던 사람들, 다 그리운 사람들. 떠나온 지 이십 년 아득하기만 한 세월. 지금은 새로 생긴 산복도로가 마을을 갈라놓고, 가슴 한쪽에 남은 그리움마저 갈라놓고 사람들 뿔뿔이 흩어졌지만 사라지지 않고 내 곁을 따라 다니는 슬프도록 아름다운 그리움이 ……

우리는 가끔

아내는 가끔
내게 이런 말을 한다

맞선 보던 날부터, 당신이
가진 게 아무 것도 없다고 할 때도
방 한 칸 얻을 돈은 있을 거라고 믿었지
설마 신혼여행비도 없는 빈털터린줄 몰랐어
쥐뿔도 없는 사내 만나서
좋은 옷 한 번 못 입어 보고
갖고 싶은 것 못 가져 보고
이날이때까지 이 모양 이 꼴이니
당신 만나고 이날까지 십칠 년
토요일 일요일도 없이 맞벌이하느라
자식새끼랑 마음놓고 놀러 한 번 못 갔어
당신은 날이 갈수록 무슨 모임이 그리 많아
마주앉아 푸념 한 번 늘어놓을 틈이 없으니
우리 말 우리 글 살리는 일도 좋고
우리 밀 우리 농촌 살리는 일도 좋지만
하나밖에 없는 마누라 살리기는 왜 안 해

하나 있는 마누라 몸이 아파 죽어도 당신은 모를 사
람이야
친구들은 노후연금이 어쩌고저쩌고 하는데
그 달 생활비 걱정조차 안하는 태평이니 ……

나는 가끔
아내에게 이런 말을 한다
미안하다고, 참 미안하다고

제수 씨

팔다리 저리고 아프다는 할머니
하루 내내 주물러 드리다
팔다리 저리고 아픈 우리 제수씨는 간병인이다

아파봐야 아픈 사람 마음 안다고
부모가 버린 자식이든 자식이 버린 부모든
병들면 서럽다고 눈물난다고
불러만 주면 병원이고 집이고 가리지 않고
밤낮없이 찾아가
똥오줌 가래 침 온갖 배설물
받아내고 닦아내고 씻어내고
녹초가 되어 돌아오는
우리 제수씨는 간병인이다

우리 할머니

똥오줌보다 더 좋은 거름이 없던 시절
잔칫집에 가면, 천천히 꼭꼭 씹어서 먹고
똥오줌 마렵거든 잔칫집에서 싸지 말고
집에 와서 싸야 한다던 우리 할머니

똥 굵기와 빛깔을 보면
병이 있는지, 병이 있으면
어떤 병이 있는지
똥이 무르거나 딱딱한 정도를 봐도
병을 척척 알아맞히던 우리 할머니

우리가 눈 똥이 논밭 거름이 되고
다시 밥이 되고 반찬이 되고
똥 한 무더기 버리지 않고 살아온
우리 할머니

자식만큼이나 똥을 사랑한
우리 할머니

시인 김기홍

삼 년 동안 시골역에서 일하다가
다시 힘들고 지긋지긋한 서울로 왔다는 동인에게
시인은 말했네

힘든 데 왔다니까 참 좋네 그려
사람은 힘들게 살아야지
힘들게 살아야 사는 보람이 있지 않겠는가

편하게 사는 길 다 버리고
스스로 힘겨운 길 걸어온
시인은 다시 말했네

힘든데 왔다니까 참 기쁘네 그려
이제 제대로 된 시 한편 쓰지 않겠는가

동인들, 아무런 말이 없었네

창피한 기억

—1999. 3. 4. 한겨레신문에 실린 박승규 님의 글을 읽고

그 일을 오래도록 기억하셨군요. 13년 전, 한국에 온 네팔 카트만두대학의 한 교수에게 당신을 소개하면서 이름을 한자로 적어 주었더니 깜짝 놀라면서 물었다지요. "왜 한국 사람이면서 중국 글자로 이름을 썼느냐?" 그 말을 듣고 '왜 내가 내 이름을 중국 글자로 썼을까' 하는 생각 때문에 머리가 아팠다는 당신의 글을 읽었습니다. 독자란 아래 실수를 저지른 아이처럼 부끄럽게 웃고 있는 당신의 사진을 보았습니다. 얼마나 정겹던지요. 얼마나 떳떳하고 자랑스럽게 보이던지요. 당신의 부끄러움은 노란 배추꽃보다 더 아름다웠습니다.

이영선 신부님

여기 전라도 영광성당인디요
하루 와서 특강 한 번 해 줄라유
성당 교우들 '삶을 가꾸는 글쓰기' 좀 할 수 있도록
아무 이야기나 해 주시우

창원에서 버스 네 번 갈아타고 만난 이영선 신부님
마음 좋은 마을 아저씨 같은 차림으로
먼저 머리 숙여 인사하시던 분
자기 집처럼 편하게 쓰시우
이쪽은 오늘 잘 방이구 저쪽은 뒷간이구
이것을 열고 저것을 누르면 더운물이 나오고
요는 두꺼운 것 얇은 것이 있고
베개도 높은 것 낮은 것이 있으니 알아서 쓰시우
그리고 전기 스위치는 이쪽 벽에 ……

천주교 신부된 지 십 년
아직 그 흔한 면허증 없으시고
낡은 자전거 한 대 없으시니
가까운 거리 걷고 먼 거리 버스 타고 다니시는 분

쓰레기장이나 골목에 아무렇게나 버려진 것들 주워서
자르고 깎고 끼워 맞추어서
책장 걸상 밥상 못만드는 게 없으신 분
스스로 밥하고 스스로 빨래하고
스스로 낮게 스스로 가난하게 사시는 분

꼭 해야 할 일이다

　돈을 벌기 위해 술 마시고 노래 부르고 몸을 팔고 영혼을 팔고, 돈을 벌기 위해 공을 차고 던지고, 돈을 벌기 위해 학교 병원 은행 교회 절 따위를 짓고, 돈을 벌기 위해 학교에 다니고 공부를 하고 사람을 가르치고 돈을 벌기 위해 사람을 만나고 헤어지고, 돈을 벌기 위해 씨앗을 뿌리고 열매를 거두고. 아, 돈을 벌기 위해 손가락 자르고 발목 자르고 죽은 송장까지 끄집어내어 흥정을 하고, 돈을 벌기 위해 사람 살리고 죽이고. 돈 때문에 미쳐버린 사람, 사람들 속에서 바보처럼 일하고 등신처럼 땀냄새 물씬 나는 시를 쓰는 일

손상열

우울한 오후를 위하여
어떤 이별
호우주의보
천국에서의 하룻밤
아주 오래된 기억
가족극장
아주 오래된 이별
순례자는 지금 어디에 오고 있는가

1964년 강원 원주에서 태어남
1989년 노동자시선집 『통제구역』을 통해 작품활동 시작
구로노동자문학회 회원으로 활동하고 있다

우울한 오후를 위하여

파란 신호등이 켜진 네거리에
굴복당한 오후가 멈춰 서 있다
삼복더위에 지친 태양이 숨을 헐떡거린다
(어려서 나는 어머니에게서 파란불이 켜지면 길을 건
너라고 배웠다)
파란불이 켜진 횡단보도 앞,
교통경찰의 지시봉에 모든 입들이 닫혀 있다
기다림에 지친 눈동자와 불만에 찬 웅성거림이 제압당
하는 사이
한 떼의 까마귀들이 교통경찰의 사열을 받으며 빠르게
날아간다

-내가 아는 선배는 늘 무단횡단을 해 범칙금을 물었다
-술에 취하면 노상방뇨에 침까지 뱉고 호기를 부렸다
-이 나라에는 부자와 정치인과 부동산 투기꾼과 경찰
과 언론인과 판검사와 공무원과 돈에 놀아나는 선생들뿐
이라고 중얼거렸다 그리고는 받아든 위반 스티커를 쓰레
기통에 던져버렸다
-그러자 교통경찰이 다가와 오물투기 스티커를 끊었다

아주 익숙한 표정으로 나는 멈춰 선 시간에 침을 뱉는다

어떤 이별

그의 눈 속에서
안개 낀 호수를 처음 보았을 때
나는 괜한 마음에 가슴 졸였다

습관처럼 그가 지난 시절을 잊지 못하는 것이
슬프다고 말했을 때
나는,
홀어미를 호숫가에 묻고 고향을 등진 그의 이별법과
파업과 복직으로 콘베어 위에서 각혈의 생을 마감한 그
의 애인을 떠올렸다

가끔 알 수 없는 깊이에서 퍼 올린 듯
무겁고 침침한 그의 목소리가 갈대처럼 떨릴 때면
나는 호수가 있다던 소읍을 더듬곤 했다

공사장 잡부와 여관뽀이, 철공장 시다와 신문배달부, 화
물차 조수로 안개 속을 배회하던 그가
병실에 누워 있는 저녁
나는 처음으로 평온해진 그의 얼굴을 보았다

거미줄에 걸린 벌레처럼 숨을 헐떡이며
누군가의 영혼을 수혈받는 동안
그의 눈 속에서
처음으로 안개 걷힌 호수를 보았다

그가 떠난 후,
소읍을 찾았을 때
안개에 쌓인 호수는 알 수 없는 고독에 묻혀 있었다

호우주의보

아무 때나 손을 흔드는 이별이 나는 싫다
유년의 한 가운데를 꼬리를 문 채 훈련장으로 향하던
하사관 훈련병들의 지친 행렬과
총소리에 익숙해진 사격장의 키 큰 미류나무의 위태로움,

고향을 떠나올 때까지
어머니는 동구밖에 긴 그림자를 드리웠다

여름날, 모깃불에 피어나던 전쟁통에 생긴 무덤들과
때도 없이 정적을 깨고 후송병원으로 향하던 앰블런스
의 경적소리

내게 短命을 예언하고
하루 밤낮 굿판을 벌인 무당을 수양어머니로 삼아 주
던 어머니의 길었던 여름날의 수고까지

현재는 과거의 잔인한 악몽
삼십미터 철탑에서 용접 불똥처럼 식어가던 돌쇠형과
해주가 고향이라고 늘 자랑하던 박씨 노인이 시멘트처

럼 흩날리던 바람 불던 날 이후

　먹구름과 창문을 흔들던 바람과 조바심은
　어머니의 아주 오래된 한숨처럼
　내 안에서 또 다른 누군가와의 이별을 예고하였다

천국에서의 하룻밤
-소록도에서

바다에 가 보았지
바다에 꽃밭을 가꾸는
사람들을 만나러 그 섬에 가 보았지

부자도 없고
가난뱅이도 없고
경찰서도 없는
섬에서
나는 새벽같이 고요한 눈동자를 보았지

출렁이는 바다가
도화지가 되기도 하고
꿈이 되기도 하여
햇살에 하나 가득
그리움을 그렸다가
폭풍우에 지워버린 여름날이었지

슬픔이란 슬픔,
미움이란 미움,

사랑이란 사랑,
다 버리고
아랫 것까지 다 드러낸 채
종소리를 듣는
수요일 어느 날이었지

아주 오래된 기억

그녀의 첫사랑은 아름다운 문신

나는 물구나무를 선 채
그녀의 가랑이 사이로 지나갔다

그 후
나는 세상을 향해 돌 던지는 버릇이 생겼다

가족극장

1
난, 재잘거리며 종로를 헤메는 가출한 아이들이 부럽다
제 동족을 살해한 정치 군인들이 자랑스런 얼굴로 테
레비 속을 휘젓는 이 나라에서
구역질나는 마음을 어떻게 다스려야 하는지 몰라
주량과 욕만 늘었다

2
장독대서 놀던 아이가
대낮에 총에 맞아 죽었을 때
나는
교련 선생의 몽둥이 아래서
오발이라고 배웠다

철공장에서 만난 그가
장독대란 말만 들어도 발작을 한다는 사실을 알았을 때
나는 그의 과거를 추측하는 취미가 생겼다

교복차림으로, 달리는 열차에 뛰어들어 큰형 곁으로

간 둘째형은 성적부진을 고민했을 것이라고 나는 생각
한다
　숙환이라던가, 노환이기를 바랬던
　어머니 죽음 앞에서
　정신병원을 퇴원한 그의 누이가 목을 맸을 때
　테레비에서 얘기하던 우울증 때문이라
　나는 또 믿는다

　3
　문민정부가 시작되고
　광주 민중항쟁 희생자들의 보상금 지급대장에서
　장독대에서 죽은 아이 이름을 볼 수 없었듯
　성적을 비관했을 고등학생도
　목을 맨 정신병자도
　그들의 어머니의 죽음도 기억하는 이 또한 아무도 없었다

　성공한 쿠데타가 민족화합으로 정당화된 지금
　나는 늘어난 주량에
　가끔씩 기억이 없어지고 건망증이 늘었다

4

어느 겨울, 송정리역에서 칠순의 노인이 동사했다 사
람들은 노인이 오래 전부터 남의 집 장독대에 오르고
정신병원을 기웃거리는 치매증세가 있었다고 했다

나는 언제부턴가 정의라든가 법이라든가 하는 따위
의 위선으로라도 모든 것이 용서되길 기원했다

그의 방에 날마다 빈 소주병이 늘어나지 않았다면 말
이다

아주 오래된 이별
-강대현을 생각하며

그가 어둠 가운데 서서 문을 두드렸을 때
비를 맞은 몸에서는 비린내가 났다
부드러운 손을 잡았을 때
내 몸에서 프레스의 비명 소리가 들린다고
그는 말했다

오래지 않아 그는
공장과 공장 사이에 지어진 철공장 기숙사의 여덟 번째
주인이 되었다

술과 담배를 멀리했듯 사람들과 어울리지 못했던 그는
매주 어디론가 편지를 썼다
그의 말대로 안부 편지라면 수신지가 진안이어야 했지
만 늘 겉봉엔 신촌의 모 대학 물리학 교수 이름이 적혀
있었다

"형님, 나 가네" 라고 고향과 작별했던 그의 인사법과
달리 엑기생*을 돌리는 모습은 늘 위험해 보였다

---

*엑기생 - 손으로 돌리는 수동식프레스

　쿠데타 정권 애기만 나오면 말이 많아지고 가끔 테레
비에서 팝송이라도 나오면 미친 듯이 중얼거리며 온
방안을 누볐다

　나는 늘 혼란에 빠졌다
　새벽마다 비밀스럽게 읽던 책들과
　늦은 밤 제과점으로 가 크림빵 한 접시를 먹어치우
던알 수 없는 포식의 비밀들 ……

　클라칭이 노벨물리학상을 타던 해
　고교졸업 후 삼 년 동안 홀로 이론물리학을 공부했다
던 그가
　가방에 가득 찬 물리학 원서들과 답장 없는 편지 사
이에서
　클라칭이 발견한 이론을 공식으로 만들었다며 새악
시처럼 수줍게 꺼내 보였을 때
　나는 가슴이 답답해져 마흐무드 다르웨쉬*의 시 한귀
절을 중얼거렸다

-----

*팔레스타인 시인 마흐무드 다르웨쉬의 詩 -『희망 제18호』에서 발췌

-사랑하는 이여, 그날 밤 무슨 일이 일어났던가-

그가 철공장에서 일하는 동안
한 통의 편지도 오지 않았고
해독하기 어려운 그만의 암호는 왼손 약지처럼 잘려나
갔다

철공장에서 삼 년을 버틴 그가 떠난다고
내 손을 잡았을 때
그의 몸에서는 기름냄새가 났고
우리들의 가난한 꿈은 아주 오래된 약속인 양
가슴 속에서 깊이 자라고 있었다

순례자는 지금 어디에 오고 있는가

앵벌이가 모금함을 내미는 종로 3가를 걸어가며
나는
비하치市*를 휩쓴 죽음의 파티를 생각했다
어려서부터 익숙해진 불안감은
밥상에 앉아 숟가락과 젓가락을 양손에 쥔 왼손잡이의
습관 같은 것이어서
폭음으로 덧난 중이염, 폐허의 종소리처럼
나를 괴롭힌다
고리대금 대출 전단 광고를 든 여자들과
길을 막고 선 앙상한 이북 아이의 사진을 지나
살아남은 영혼들이 어디론가 사라진다

오, 나는 무엇으로
고통에 익숙해진 어미들의 슬픔을
자궁에서 막 꺼낸 아이에게 가르칠 것인가?

혼돈의 시간이 몰려오는 거리, 나는
불구의 정신을 이끌고 간다

---

*보스니아 내전이 벌어진 도시

손현수

금지된 입구
자꾸
오래되어 믿음직한 악기
시절도 있었지만 지금은
향일암
호박 같이만
인정받던 시절에는

1964년 경남 창녕에서 태어남
창원 민예총 문학분과에서 활동하고 있다

금지된 입구

불 꺼진 창가에
음악만은 폭죽처럼 터져
붕어빵 호떡장수 머리 위를 휙 지나
신발가게 옷가게 섭렵하며
대번에 시장통 한가운데로 쿵쿵 걸어나온다
이름도 촌스러워라 제일카바레
카바레 하면 왜 게바라가
생각날까 몰라
숟가락으로 꾹꾹 눌러도 꺼지지 않는 욕망과
사나운 희열에 몸 단 여인들
부리나케 계단을 올랐을 그 입구는
염치도 없이 자반고등어 사러 나온
시장 바구니 안에
톱밥처럼 얌전하게 불륜을 깔아놓았다
주름치마 다려 입고
뺑뺑이 몇 바퀴 돌고 나면
타는 갈증 가실까
여자들의 발바닥에 이미
불씨가 박혔으리라

자꾸

봉숭아꽃 핀 마당에 쪼그리고 앉아
아무리 생각해도 모르겠네
누구였는지 언제였던지
베틀공장 담벼락 밑에 다닥다닥
무릎 붙이고 앉아
손톱 밑에 새까맣게 박힌 실밥먼지
감추려고
자꾸자꾸
손톱 위에 봉숭아 꽃잎 올려놓던
그 아이 얼굴 모르겠네
새파랗게 오그라들어 내밀던
가늘고 작은 손가락만
자꾸

오래되어 믿음직한 악기

　그가 끌고 다니는 손수레 위에는 별의별 것들이 서
로 꼭 부둥켜안고 잘 살아보겠다고 비닐 봉지 꿈지럭
거리며 매달려 간다 철사수세미, 손톱깎이, 가위, 귀후
비개, 좀약, 때타올, 빨래집게, 고무줄 그리고 그가 아끼
는 하모니카 하나. 길바닥에 연녹색 블록이 깔리고 단
속반이 자주 출동하는 시장 어귀에는 없는 거 빼고 다
있다는 잡화점이 줄줄이 늘어섰다 사람들은 그의 하반
신을 둘둘 감은 시커먼 고무바지만 흥미롭게 쳐다볼
뿐 땀이 채여 근지러운 바지 안의 불편한 다리처럼 수
레 위의 물건도 봉지 안에서 점점 쓸모를 잃어간다 햇
빛에 바래고 압착공기에 질식할 듯 희미한 이름들 목
이 타 버적버적 갈라져도 그가 할 수 있는 일이라곤
오직 하모니카 부는 것. 그렁그렁 가래 머금은 늙은이
처럼 새애, 소리가 나고 몇 개의 구멍은 녹이 슬어 유
장한 노래 한 가락 뽑기 힘들어졌지만 숨 고를 때마다
매번 처음인 듯 떨리는 쇠의 아련한 감촉 오래되어 믿
음직한 악기를 물고 그는 온몸을 가동시켜 시장 골목
을 밀고 간다 보이지 않는 입술에서 새파란 실핏줄 같
은 노래들이 봉지봉지 촉이 돋아 터진다

시절도 있었지만 지금은

보리밥 한소끔 부르르 끓는 사이
땀내 절은 아들 교복 안아들고 배미골 개울로
달려가 방망이 탕탕 내리치던 여자들과

수돗물 콸콸 틀어놓고 전원 버튼을 누르고
연속극 앞으로 엉거주춤 다가앉는 여자들
모두 한때 한솥밥 먹던 시절도 있었지만 지금은

저 혼자 웅웅거리는 텔레비전 켜놓고
어쩌다 담배 한 보루 사오는 자식들 기다리며
무릎 관절에 파스 붙이는 여자들과

자식새끼 먹여 살리려고 전화방 폰팅
이벤트 회사 닥치는 대로 전화하는 여자들이
문고리 잡았다 놓았다, 뒤척뒤척

향일암

돌산 기슭에 범종 소리 그렇게
빚어낼 줄 누가 알았겠는가
눈발 날리자 길 떠나온
발이 먼저 놀란다
허공에 잠깐 머물다 떨어지는 눈송이
더 아까울 목숨도 없지만
관광버스 대절하고 여기까지 쫓아온
백발 머리
탁 발 굴러 바다에 빠뜨린다
다 왔다
저 먼 산 새침한 동백
이른 봄 햇발에 건져내어
훌훌 대웅전 앞 바다에 헹굴란다
이 빠진 보살들
사천왕 부릅뜬 문살에 귀 대고
깔깔깔
세월 날리는 소리
원효대사 흔적도 없다

호박 같이만

방안에 호박이 썩어 가는 줄 모르는
어머니의 건망증을
탓할 수 있으랴
어쩌다 들르는 하룻밤 길손 같은
자식을 애처로이 바라보는
어머니

호박으로 해먹을 게 뭐 있다고
나는 괜히 구식이 된 듯한 가재도구들만
눈에 거슬려 오다가다 쥐어박는다
이게 무슨 냄새야
어머니 호박이 썩어요
호들갑을 떨지만
홀로 묵혀둔 자식의 방 냄새를 맡는
어머니

빈방에 누런 호박
가지런히 쌓아두는 것은
편안하게 앉은 품이

자식들도 저렇게 둥글둥글 살았으면
보기만 해도 위로가 되는 것이어서
늘 하시는 말씀
자리 잡고 느긋한
호박 같이만 살거라

인정받던 시절에는

돈이 있었고 돈벌이가 있었고
쏠쏠히 돈 쓰는 재미도 있었다 그때는
나도 제법 인간이었던 것이다
인간이라고 감히 주장할 수도 있었고
지녀야 할 덕목과 품위를
고안해낼 여력도 있었고
아무도 내게 당신 인간이냐고
묻는 법이 없었다

돈 쓰는 재미를 돈 안 쓰고 사는
재주로 바꾸어갈 무렵
나는 내가 인간이 아니라 영세민
불쌍한 것, 정부보조금 지원자
또는 사회의 부담으로 불리는 것을 알았다
내 이름은 실업자였던 것이다

유일하게 세금 낼 때만은 나도
인간이라는 것을 느낀다
국가는 세금고지서만은 차별하지 않고

고루 나누어주기 때문이다
은행 창구 앞에 돈을 내밀자
한달 치의 인간구실값이
꽝! 도장 찍힌다 그러나 꼭 한 달
한 달만 유효한 생존영수증
한 달 후에도 내가 인간일지 장담 못한다

오도엽

문득
설날
봄날 꽃 피는데
고혈압
밥줄 단축
나도 답답합니다
아침이 즐겁다
빼앗긴 이름

1967년 전남 화순에서 태어남
1996년 금속연맹 서부경남지부 들불문학상 받음
1997년 전태일문학상 받음
시집으로 『그리고 여섯 해 지나 만나다』가 있음
창원공단에서 일하고 있다

문득

출근길 나서다
문득
아내를 보면

언제 파마를 했는지
왜 머리 한 귀퉁이만 노랗게 염색했는지
옷걸이에 걸린 빨간 츄리닝은 언제 샀는지
내 아낸지

자고 있는 딸자식
어쩌다 안아 보면

언제 이리 컸는지
어찌나 무거운지
눈썹 위 흉터는 어쩌다 생겼는지
내 딸인지

나는 지금
어딜 가는지

설날

떡값은커녕 상여금 구경한지도 오래라
요번 설엔 전화나 하고 말자는 말에
그래도 얼굴이라도 내밀자는 아내

밥 한 그릇에 소주 한 병은 반주로
후딱 비우시던 장인 어른 생각에
여섯 병들이 백세주
달랑 사들고 간 처갓집

이젠 몸이 축나 술은 입에도 못 댄다는
장인 어른 말에 아내는 훌쩍
손주 장난감이나 사 주라고 쥐어 준
장모님 꾸깃한 만원짜리에 훌쩍
아버님 약값도 못 드리고
돌아선다고 훌쩍

올 설날은 훌쩍 훌쩍 훌쩍

봄날 꽃 피는데

누가 누군지 알 수도 없이
춥고 앙상하더니
어느새 제 빛깔 제 이름으로 차근차근 나서네
어 넌 매화로구나
넌 산수유고 목련이고
개나리에 진달래라 벚꽃이네
흐드러진 철쭉 논둑에 씀바귀
공단 뒤뜰 민들레야
어김없이 살아서 제자리 지키는구나

지 꽃도 잎도 피우지 못하고 봄 맞는
내 이름은 무엇이냐

고혈압

꼬박꼬박 찾아 먹는 세 끼 밥도
부족하여 가끔씩은
삼계탕 보신탕에 생등심
소주 한 잔 걸칠 때도 안주부터 살핀다

산 오를 때도
텐트보다는 콘도를 찾고
배낭에 라면도 옛말
갖은 양념에 아이스박스까지
자동차 트렁크 터지도록 싣는다

등 따시고 배 두둑하니
수영장을 갈까
헬스를 갈까
끔찍이도 챙기던 몸뚱이
공장에서 건강검진 받는데

백 육십에 팔십 오
열 받을 일도 없는데

성 낼 힘도 없는데
고혈압이란다

밥줄 단축

개나리 필 적 시작한 공사
이제 막바지란다

장마에도 무더위에도
품질우선 납기준수 현수막과 함께
어떤 날은 비에 젖고
어떤 날은 땀에 젖었다

부두에 실려갈 날 기다리는
인천과 영종도 신공항 잇는 다리
옆에 둔 채 조회를 하는데
오늘부터 사람을 줄인단다
나이 든 사람 먼저
빽 있는 사람 나중

청주 우회도로 공사하는 데나 가봐야제
거긴 누가 써준데 영감을
지기랄 그래 내가 뭐라 했노
쎄빠지게 일해 공사기간 줄여봤자
밥줄 단축밖에 더 되노

나도 답답합니다

초등학교만 나와
이 공장 저 공장 떠돌다
이젠 노조 간부하며
용접도 하고
그라인더도 하며
시도 쓰고
술도 잘 마시는
성배 형이

이젠 니는
시집도 냈으니
시인 아니냐고
맨날
그 틀에 그 이야기만
쓰지 말고
눈도 넓어지고
모양도 바뀌어야 한다고
술 한잔 나누며
야단치는데

성배 형
난 시인이 아녀
눈뜨면 가는 게 공장이고
일 끝나 집에 오면 잠인디
보는 게 있어야 넓어지지
사는 게 바뀌어야
시도 바뀌지

아침이 즐겁다

아침 여섯시 십분
출근길 나서면
늘 그 자리에서 만나는
징글맞게 반가운 사람들

　고추밭 물주는 아래뜸 아지매
　목재소 나가는 위뜸 수일이 할배
　창원대로 지날 때면 엉금엉금 성화중기 포크레인
　봉암다리 버스정류장 비질하는 구멍가게 아저씨
　민영화반대 스티커 붙인 한국중공업 가는 짚차
　볼보 건설 기계 통근차나 창원특수강 통근차

늘 그 자리에서 만나면
아침이 즐겁다

빼앗긴 이름

덥수룩하게 머리 기르고 다닐 적 벗들
오랜만에 만나 서로 명함 내밀면
왜 이리 쑥스럽고 어색하기만 한지

그래 내 이름 석자 빼앗긴 채 살았던 날들 있었지
때론 우스꽝스럽고 무시무시하던 또 다른 이름으로

오돌이니 똘치니 불리며
새벽으론 유인물 낮에는 짱돌
정말 부지런히 뛰어 다녔지
어떤 때는 민혁이 민해가 되어
지하방에서 질리도록 회의도 했고
공행식 김희중 허범규 알음알음 주민증으로
이 공장 저 공장 떠돌며 낮 밤 모르고
용접기와 부대끼던 날들

내 주민증도 명함도 없었지만 목소리
우렁차고 손아귀 힘 꽉 준 채 악수했는데

이젠 동네에서도
일터에서도 떳떳한
오 도 엽
호적의 내 이름을
내밀기 부끄럽고
말하기 두려운지

이한주

유실물센타

일공휴무

빽

천둥 번개 호루라기

두 하늘 두 세상

1965년 서울에서 태어남

1992년 윤상원문학상 받음

1993년 임수경통일문학상 받음

전동차 승무원으로 일하고 있다

유실물센타

　구로역 대합실에는 유실물센타가 따로 있습니다 전
철에 놓고 내린 물건들을 모아 주인을 찾아주는 곳인
데 가방이며 지갑이며 선물꾸러미까지 없는 게 없지
요 귀하고 비싼 건 알아서들 찾아와 화들짝 수선을
떨며 찾아가기도 하지만 곧잘 놓고 내리는 때절은 가
방의 작업복은 집안에 널린 옷가지로 대체하려는지
아무도 찾으러 오지 않습니다 한때는 한 가족을 먹여
살리는 밥이고 희망이었을 때절은 가방의 작업복이
눈길도 받지 못한채 식은땀을 흘리며 새우잠을 자고
있는 유실물센터 한구석, 곰팡이가 핍니다 뙤약볕에
서 파란 힘줄로 다시 일할 그날을 꿈꾸며 곰팡이꽃이
피어납니다

일공휴무

삼일절날도 쉬었는데
돌아오는 일요일 또 휴무가 걸렸습니다
아이가 손뼉치며 좋아하는 게
대공원이라도 가야겠습니다
돌아오는 일요일 손에 쥔 청첩장이 두 장
봄맞이 대청소도 밀리고
오랫만에 친구도 만나야 하고
몸이 열두개라도 부족하기만 한 일요일
동동 발을 구르며 행복해 웃다가도
내심 마음이 무겁습니다
하루도 쉼없이
일 박 박* 돌고 돌아야
가계부에 붉은줄 치지 않고
부모님 용돈이라도 드릴 수 있을텐데
빨간날이고 일요일이고 남들 다 쉰다고
한달에 두번씩이나 쉬어도 되는 건지
삼일절날도 쉬었는데
돌아오는 일요일 또 휴무가 걸렸습니다

---

*일 박 박 - 일근, 철야, 철야로 순환하는 전동차 차장의 근무형태

얼마전 전입온 김형이
철도 6년 만에 처음 쉬어본다고 신기해하지만
달랑 기본급 50만원에
수당을 따먹고 사는 네 식구 가장인 내가
이거 자꾸 자꾸 쉬어도 되는지 모르겠습니다

백

때론 알아서 적당히 살아야 하는 세상에
요령부득 술밖에 모르는 나는
변변히 내세울 배경 하나 없습니다
높은 곳 고향 선배가 끌어주고
힘 있는 자리 학교 후배가 뒤를 봐주는
우리 김계장님처럼
때맞춰 이리저리 굽신거리더라도
뒤돌아서선
큰소리 뻥뻥 공갈도 쳐보고
스리슬쩍 목에 힘도 줘봤으면 싶은데도
어느 한곳 넉살좋게 부빌곳 없어
장마철 빗줄기를 핑계삼아
술 끊었다는 술꾼들이나 모으고
동료 애경사에나 빠짐없이 몸뚱이를 들이밀 뿐
술 말고는 무엇하나 내세울 게 없는 나는
뻐기고 으스댈 배경 하나 없습니다

천둥 번개 호루라기

비가 오면
천둥이 치면
죄 많은 사람은 알아서 꼭꼭 숨어야 한다는데
가난도 죄인줄 모르고
기관차에 매달려 매미처럼 울었습니다 나는

비가 오고
천둥번개가 치면
몸에 지닌 쇠붙이들 모두 버려야 한다는데
비키세요 물러나세요
삑삑 철제 호루라기를 밤새도록 물고 달렸습니다 나는

당신이 잠든 밤
오늘 하루 철제 호루라기를 감싸준
하늘의 은총마저 잠든 밤
25000V 전차선 아래
또다시 천둥 번개가 내리치더라도
철제 호루라기를 입에 물고
밤새도록 울어야 합니다
서울역 수송원 나는

두 하늘 두 세상
—평화시장 · 1

나이보다 먼저 익힌 가난에
학교 담장을 훌쩍 뛰어넘은
열 세 살
알면 뭘 얼마나 알겠습니까
그저 엄마 치마폭에 묻혀
혓바닥이나 히쭉삐쭉 내 보일
그 어린 것이

노동을 알겠습니까
착취를 알겠습니까
흙이라도 파먹고 뒤돌아서면
금방 배고플 나이
단내 나는 엄마 젖가슴이
손에서 떠나지 않을
그 어린 것이

눈깔사탕같은 사장 말에
제 키보다 큰 원단과 씨름하다
쓰러져

잠이 들때면
그저 노는 것에나 정신 팔릴
그 어린 것의 꿈 속은
온통
흐드러지게 피어나는
어깨동무 웃음꽃이 아니겠습니까

미싱을 멈추고
한줌 햇살에 휘청거리는
다락방의 점심시간
달랑 머리부터 빠져나와
두칸짜리 공동변소에 줄을 서다
초경도 이른 나이에
찔끔 찔끔 속옷을 적시는
열 세 살의 눈물

조태진

빈집털이 소년
이 지상에 집 한 칸

1959년 서울에서 태어남
1989년 월간 『노동해방문학』을 통해 작품활동을 시작
여수에서 지역 언론운동을 하고 있다

빈집털이 소년

도난 사건이 발생할 때마다 범인으로 지목한 담임은 소년의 결석을 불행 중 다행한 일로 여겼고 한 마리의 길 잃은 양을 찾아야 한다던 전도사는 소년이 교회에 나타날 때마다 경계를 늦추지 않았다.

아무도 반기지 않는 세상, 드라이버 하나로 빈집털이 놀이를 즐기는 소년은 아무도 반기지 않는 빈집을 눈여겨 놓고는 경비의 눈을 피해 아파트 비상구로 생쥐처럼 숨어들었다.

동사무소에서 지급한 생계보조비는 술값이었다. 술 취한 애비의 매질은 참을 수 있었으나 허기는 참을 수 없었고 끊겨진 전깃불 아래 웅크리고 잠든 어미는 바깥 세상에서 돌아오지 않는 소년을 기다리지 않았다.

소년의 책가방은 풀밭에 던져졌다. 멍울진 눈살을 찌푸리던 소년은 빈집에서 턴 풀빛의 지폐를 호주머니에 담고는 햇빛의 미행을 따돌리며 잽싸게 오락실로 숨어들었다.

드라이버 하나로 열 수 있는 빈 집, 소년의 거동을 수상하게 여기지 않을 때까지 세상은 제법 관대했다.

그러나 꼬리가 길면 잡힌다는 말처럼 눈에 불을 켠 경비에게 붙잡힌 소년은 개처럼 몇 차례 파출소에 끌려가면서 대낮 빈집털이범으로 주목받았지만 소년의 가난은 주목을 끌지 못했다.

그해 봄, 버짐 핀 꽃으로 배회하던 소년은 빵을 훔치다 들켜 파출소로 연행됐고, 낯익은 순경은 "이 새끼 또 왔어!"라며 귓볼을 후려쳤으며 빵집 주인은 미성년자를 처벌할 법이 없다는 말에 구멍 뚫린 법이라고 탄식하고는 돌아갔고, "빵을 얻는 것보다 훔치는 것이 더 쉬웠다"고 진술한 소년은 뺨 몇 대를 맞고는 훈방됐다.

이 지상에 집 한 칸

새라면 아아 쫓겨나지 않는 하늘의 새라면
해거름 속으로 평화롭게 귀가하는
새들처럼 새들처럼 아, 날 수 없는 가난 때문에
꽃이라면 아아 뽑히지 않는 꽃이라면
사방 천지 들녘에 억세게 뿌려진
들꽃처럼 들꽃처럼 아, 피어날 수 없는 가난 때문에
문패도 번지도 없는 주소불명의 세대주여
이 지상의 집 한 칸
지고 갈 수도 없는 집 한 칸이 되어
잠든 자식의 머리맡에서 시로 우는 아비여

변두리로 밀려나

― 90년대 노동시의 모색 ―

변두리로 밀려나서
- 90년대 노동시의 모색 -

이원영

도서출판 갈무리 편집인, 정치철학

'그래, 그래야 한다. 우리가 흐르고 흐르는 물로 세상천지 굽이굽
이 흘러가면서 바위에 부딪쳐 머리 깨지고 피 흘리면서 아프게
또 흘러가야 할 눈물나는 물소리로 고단한 세상을 맴돌지라도 잘
게 부서진 희망을 추려모아 불빛 환한 강가를 이루어야 한다'

-『일과시』제2집 서문에서 -

1

사회주의를 지향하던 문예활동의 전망들과 그 위에 세워졌던 건축물
들이 무너져 내리기 시작한 지는 이제 꽤 오래되었다. 한국에서 그것들
의 붕괴는 지난 십여 년에 걸쳐 때로는 급격하게, 때로는 서서히 진행되
었다. 그로 인해 생긴 공터를 아주 빠르게 점령한 것이 포스트모더니즘
이었음은 이제 널리 알려져 있는 사실이다. 포스트모더니즘의 영향력은,
그것이 '그 나름의 방식으로' 사회주의 붕괴의 동학을 설명하고 우리가
맞이한 시대의 새로움을 설명하면서 대안적인 미적-문예적 전략을 주
장했다는 데 있다. 사회주의를 지향하던 문예운동이 1917년 혁명의 이
미지에 사로잡혀 있을 때, 그리고 사회주의의 붕괴 앞에서 망연자실하
고 있을 때 포스트모더니스트들은 1968년 혁명 이후의 역사적 변화들에

눈을 돌려 변화된 시대의 성격을 밝히려 시도했는데, 그것만으로도 그들은 많은 경청자와 추종자들을 획득할 수 있었다.

그러나 그들이 이야기하는 새로운 시대는 지극히 암울한 것이었다. 이제 더 이상 인간의 혁명적 실천은, 즉 역사(his-story)는 가능하지 않다는 것이었다. 그들은 1917년 혁명을 과거 속에 묻어버리면서 동시에 1968년 혁명도 역사 속에 묻어버리려 했다. 포스트모더니즘의 전성 시대가 지속되면서 주체에 관한 모든 이야기는 목적론으로 치부되어 기각되었다. 그들은 '드라마는 끝났다, 노동자 계급은 무대에서 퇴장하라'고 말했다. 돌아보면 포스트모더니즘의 이 주장들은, 적대하는 두 계급이 목숨을 걸고 싸우는 역사의 드라마를, 지구적 스펙터클, 지구적 시뮬레이션의 무대로 대체하려는 자본의 전략의 문화적 표현에 다름 아니었다. 노동자들을 거리에서 안방으로 몰아넣어 가두고자 하는 자본의 전략은 텔레비전과 멀티미디어의 시대를 열었다. '문자보다는 영상'이라는 새로운 위계적 매체론, '문학의 시대는 끝났다'는 고압적 명령들 혹은 슬픈 탄식들은 이 시대의 한 단면들이다.

포스트모더니즘에 대한 진보적 문예운동의 대응은 일면적인 것이었다. 포스트모더니즘의 부정적 측면에 대한 즉자적 반발의 시간이 지나간 후 진보적 문예운동은 모더니즘인가 리얼리즘인가라는 협소한 쟁점에 매달렸다. 운동의 전략적 방향에 관한 합의가 깨어진 상황에서 관심의 이러한 한정은 진보적 문예운동을 수세적 위치로 몰아 넣었다. 그러한 태도는 포스트모더니즘이 제기한 포괄적이고 다양한 쟁점들을 외면하는 것이었기 때문이다. 사회주의는 왜 붕괴되었는가? 역사는 끝났고 혁명은 불가능한가? 노동자 계급은 더 이상 의미 있는 사회집단이 아닌가? 더 이상 주체에 관한 이야기는 불가능한가? 스펙터클과 시뮬레이션이 가져다주는 현실적 효과는 무엇인가? 문자와 문학에 대한 사회적 평가절하는 우리 시대 계급 투쟁의 어떤 면모를 드러내는가? 사회주의의 붕괴가 지금까지의 문예운동에 어떤 변화를 요구하는가? 등등의 많은 문제들은 진보적 문예운동의 본격적 관심사로 제기되지 못했다. 계급적 문예운동의 와해, 문학 창조의 상품관계에의 실질적 포섭, 이에 의해 가속화된 문학 종말론 등은 아마도 이 회피의 결과일 것이다.

이러한 지형 위에서 볼 때 동인지 『일과시』의 행보는 독특하다. 동인들은 포스트모더니즘의 태풍이 휘몰아치기 시작하던 1992년 무렵에 모여 1993년 겨울에 제1집 『햇살은 누구에게나 따스히 내리지 않았다』(과학과사상)를 펴냈는데 그 구성원들은 모두 '노동력을 팔아 생계를 유지하는' 처지에 있는 노동자들이었다. 노동자들만으로 이루어진 시동인지의 출현은 한국의 문학사에서 전례 없는 일이거니와 당시 20대 후반에서 30대 후반의 나이였던 이들이 한결같이 지난 80년대를 노동과 투쟁과 시작(詩作)으로 살아온 사람들이었다는 점에서 주목할 만한 일이었다. 월간 『노동해방문학』이나 『실천문학』과 같은 매체를 통해, 혹은 지역 노동자문학회를 통해 노동자 문예운동을 해온 이들의 새로운 결집은 80년대 후반에 불꽃처럼 타오른 계급적 문예운동의 급작스런 와해에 대한 이들 나름의 대응으로 읽힌다.

본래부터 공식 문단과는 일정한 거리를 두고 있었으며 노동자 문예운동에서도 상대적으로 변두리에 놓여 있었던 이들의 결집은 주목받지 못한 채 지나갔다. 당시 '운동으로서의 문학'의 급속한 쇠퇴 분위기를 염두에 둔다면 그것은 자연스러운 반응이었는지 모른다. 80년대 노동자 문예운동의 연장선상에 있는 동인활동이 오래 지속될 수 있으리라 기대되기는 어려웠기 때문이다. 그런데 예상과는 달리 이들은 1995년 6월에 제2집 『아득한 밤의 쓰라림』을 펴내는 응집력과 지구력을 보여 준다. 출판사를 부산의 지평 사로 옮기면서도 이들의 시적 의기는 전혀 꺾이지 않았다. 오히려 2집의 서문은 약간은 수줍고 겸손한 표정이었던 1집의 서문에 비해 단호하고 비장하다.

격정의 거리에서 돌아와 거울 앞에 섰다. (…) 사랑은 끝났고 연인들은 떠났다. 연인들은 달콤한 속삭임으로 깃발을 들라 전망을 갖으라 노래하라

한바탕의 난리를 피우고 파장의 쓸쓸함을 남긴 채 떠났다 언제나 그랬듯
이 우리는 우리일 뿐임을 새삼 확인했고 버림받는 일에 익숙해진 우리들
의 사랑법은 떠난 사랑의 그 빈자리에 몇 마디 욕설과 함께 새로운 사랑
의 철골을 박으며 예견된 이별을 서슴없이 용서하기로 했다 그러므로 우
리의 반성은 끝났다. 도대체 우리의 노동이, 도대체 우리의 시가, 도대체
우리의 희망이 무슨 죄를 지었다고 마냥 무릎꿇고 있어야 한단 말인가 무
엇이 변했고 그 무엇이 살 만해져서 ……

적대의 관점을 한층 강하게 재확인하는 이 태도는 근대라는 낡은 적
대의 시대가 지나갔으니 혁명을 거두자는 포스트모더니즘의 태도와는
완전히 상반되는 것이며, 계급적 적대체제의 관점보다는 분단체제의 관
점에서 리얼리즘을 재구성하려 한 민족문학의 태도와도 다르다. 이들은
반성을 끝내버리고 자신의 무죄를 항변하며 꿇었던 무릎을 일으켜 세우
고 한바탕 난리가 지나가고 난 쓸쓸한 공간에 '새로운 사랑의 철골'을
박겠다고 선언한다. 세상은 달라지지 않았다고 주장하면서 떠나 버린
'연인'에 대한 용서로 자기 반성을 대신해 버리는, 참으로 도전적인 이
태도의 의미는 무엇인가?

실제로 『일과 시』에 대한 고찰은 이 태도, 이 미적 전략의 현 시대적
의미를 실제 창작물들과 연관지어 생각해 보는 것에 그 초점이 있을 것
으로 보이는데 이 문제에 대해서는 차차 살펴보기로 하자. 왜냐하면 이
문제는, 이후 다시 두 해 만에 나온 3집 『비오는 날 소주를 마시다』(1997
년 4월, 시와사람사, 광주)와 한 해를 조금 넘겨 나온 4집 『사람이 그리
운 날』(1998년 9월, 갈무리, 서울), 그리고 이번에는 기간을 더 당겨 거의
한 해 만에 내는 5집 『한 노동자가 위험하다』(1999년 10월, 갈무리, 서울)
등을 두루 살펴볼 때에만 어느 정도 총체적 진단이 나올 수 있으리라
생각되기 때문이다. 실제로 3집 이후의 서문들에서는 2집의 서문과 같
은 도전성은 보이지 않으며 대체로는 자부심과 자괴감이 공존하는 모습
을 보인다. 그것은 우리 시대에 시를 쓴다는 것은 무엇이며 어떤 관점에

서 시를 써야 하는가에 대한 풀리지 않는 자문(自問)의 형태를 띠고 나타나는데 이를 통해 우리는 '새로운 사랑의 철골'을 박는 것이 생각만큼 쉽지가 않았음을 짐작할 수 있다. 가령 '시집을 내는 것이 그리 즐겁지 않은 것은 우선 올바른 눈으로 세상을 보고 씌어졌는지 걱정부터 앞서기 때문입니다'(3집 서문)라는 고백이나 '이 시대는 살아 남는 것이 예술이고, 우리가 노래해야 할 가장 가치 있는 시가 아닐까?'라는 자문, 그리고 '살아 있음을 넘어 어찌 살 것인가? 무엇을 쓸 것인가? 이것이 『일과시』 동인의 고민이자 뜻을 함께 하는 모든 이의 숙제다'(4집 서문)라는 과제 설정 등이 그것이다.

회절과 전향을 강제하던 전환의 시대를 '살아 남아' 새로운 세기를 바로 앞두고서 제5집을 내는 『일과시』의 8년 행보는, 그 서문들만을 통해서 보면, '새로운 사랑의 철골을 박자'는 2집에서의 단호함에서 시작하여 3집과 4집에서 '무엇이 새로운 사랑의 철골인가'에 대한 성찰을 거쳐 5집에 이르러서는 '이제 다시 현실로 돌아가자'는 소박한 사실주의의 주장으로 되돌아가고 있는 것처럼 보인다.

『일과시』가 새로운 사랑의 철골을 박자는 다짐에도 불구하고 아직 만족할 만한 시적 영역을 개척하지 못하고 표류하고 있는 것만은 분명하다. 그러나 이 표류는 그들의 흐름, 부단한 모색의 과정의 표층에서 나타나는 것이며 그 흐름의 심층에는 '무기로서의 시'나 '인식과 실천으로서의 시'라는 80년대 문예운동의 미학과는 구별되는 하나의 독특한 특질이 자리잡고 있는데, 그것은 '삶으로서의 시'라고 부를 수 있는 그 무엇이다. 동인들은 이 시적 경향을 각 책의 서문에서 다음처럼 한결같이 서술해 왔다.

아직도 일하는 자의 희망은 불투명하고 우리들의 시는 아름답지 못하지만 살아가기 위해 시를 썼고 일하기 위해 몸을 팔았다.(2집)/시를 쓰는 일이 무어 '대단'하거나 '거창'한 것은 아닙니다. 다만 살아 있는 목숨을 소중하게 여기고 땀흘려 일하면서 하루하루 정직하게 살고 싶기에 시를 씁니다.(3집)/'시를 써야지'하는 마음보다, '어찌 살꼬'하는 걱정이 앞서는 때. 이 시대는 살아 남는 것이 예술이고, 우리가 노래해야 할 가장 가치 있는 시가 아닐까?(4집)

5집에서는 시가 무기이거나 인식이거나 실천이기 이전에 '삶에 내재하는 음률'이라는 생각이 세 편의 시를 통해 각각 다르게 표현되는 데 그것을 가장 명확하게 드러내고 있는 것은 「갈매기의 꿈」이다.

내가 희망을 버렸을 때/비겁해지지 않기 위해서/모든 사람을 저주했을 때/나의 노래는 입속에서 맴돌고/옛날은 추억으로만 있었다/산다는 것이 조금은 외롭고 쓸쓸하기 때문에/아름답던 옛 노래의 기억을 뒤로하고/끝없이 멀어져 가기만 하는 저녁바다처럼/어둠에 잠겨들 수 있었던 것일까/왜 나는 삶에 지친 갈매기가/돌아갈 곳이 없다고 믿었던 것일까/나의 노래는 이렇게 끝없이/가슴 깊숙한 곳에서 흐르고 있는데(김명환, 5집)

마르크스가 말한 대로 자본은 시에 적대적이다. 자본은 삶을 노동으로 환원하고 인간을 노동자로 바꾸어 권태와 피로를 생활의 보편적 분위기로 만들어 버린다. 하지만 시는 시인과 민중의 '가슴 깊숙한 곳에서' 끊임없이 흐르고 있다. 왜냐하면 그것은 살아 있는 것들의 속성이며 삶 그 자체이기 때문이다. 시인과 민중의 가슴 깊숙한 곳에서 흐르는 이 시심은 누군가 일시적으로 누를 수 있을지 모르지만 결코 지워 버릴 수는 없는 것이다. 그것은 조그만 틈새도 놓치지 않고 새어나와 생활 세계에 시를 흘리고 그것에 새로운 형태를 부여한다. 시들을 포함하여 크고 작은 반란들과 혁명들은 역사 속에 분출한 시심(詩心)들에 다름 아니며 마치 자본에 의해 좌우되고 있는 것으로 보이는 현실 세계도 그 시심의 부단한 조형작용을 벗어날 수 없었다. 끝 모르는 자본의 독점, 독재, 전유(專有)의 욕망에도 불구하고 역사가 자본의 독백일 수 없었던 이유는 바로 이 시심의 멈출 줄 모르는 꿈틀거림 때문이었다. 시인들이 지닌 시심이 민중의 가슴 속에 흐르는 시심과 유다른 것은 아니다. 다만 시인들은 그 시심의 존재를 보다 강하게 느끼고 의식하면서 민중의 시심을 환기시키는 사람들일 따름이다. 그래서 시인들은, 모든 것이 돈을 위해 존재하는 완전히 돌아버린 물신(物神)의 세계에서 '바보처럼 일하고 등신처럼 땀냄새 나는 시를 쓰는 일'을 피할 수 없는 사명으로 받아들이게 되는 것이다.

> 돈을 벌기 위해 술 마시고 노래 부르고 몸을 팔고 영혼을 팔고, 돈을 벌기 위해 공을 차고 던지고, 돈을 벌기 위해 학교 병원 은행 교회 절 따위를 짓고, 돈을 벌기 위해 학교에 다니고 공부를 하고 사람을 가르치고 돈을 벌기 위해 사람을 만나고 헤어지고, 돈을 벌기 위해 씨앗을 뿌리고 열매를 거두고. 아, 돈을 벌기 위해 손가락 자르고 발목 자르고 죽은 송장까지 끄집어내어 흥정을 하고, 돈을 벌기 위해 사람 살리고 죽이고. 돈 때문에 미쳐 버린 사람, 사람들 속에서 바보처럼 일하고 등신처럼 땀냄새 물씬 나는 시를 쓰는 일(서정홍, 「꼭 해야 할 일이다」, 5집)

삶으로서의 시(쓰기)라는 새롭게 발견된 지층은 돈을 버는 일에 모든 것을 바치도록 강제하는 자본(주의)에 맞서 자신들의 삶을 지키고 가꾸기 위한 노동자들의 미적 전략 혹은 실천의 기반이 되는데 그것은 80년대에 득세했던 '무기로서의 시'나 '인식과 실천으로서의 시'가 빠뜨리거나 경시하고 있었던 혹은 느끼기는 했으되 실제로 담보할 수는 없었던 그것들의 심층으로 보인다. 바로 이 지층에 발 딛고 있다는 점이야말로 『일과시』가 보여준 응집력과 지구력의 원천이며 그들의 시경향을 다른 시경향들로부터 구별지어 준다.

돌아보면 시가 삶으로부터 분리되어 하나의 직업으로 되어버린 것, 즉 자신의 모태를 떠나버린 것은 그렇게 오래된 일이 아니다. 앞서 말한 대로 시인의 탄생은 민중 내부에서의 시적 재능의 상대적 차이에 기초한 것이지만 시인의 직업으로의 전환은, 자본이 민중의 저 무한광대하고 '위험한' 시심의 힘을 자신의 영토로 전환시켜 그것을 예속시키는 과

정과 무관한 것이 결코 아니었다. 그래서 최근 시집을 낸 오도엽은 노조 간부 성배형이 '이젠 니는/시집도 냈으니/시인이 아니냐고/맨날/그 틀에 그 이야기만/ 쓰지 말고/눈도 넓어지고/모양도 바뀌어야 한다고/술 한잔 나누며/야단칠' 때 '성배형/난 시인이 아녀/눈뜨면 가는 게 공장이고/일 끝나 집에 오면 잠인디/보는 게 있어야 넓어지지/사는 게 바뀌어야/시도 바뀌지'라고 응수할 수 있는 것이다. 80년대의 문예운동은 시를 인식이 자 실천이면서 그 무기로 파악함으로써 '직업으로서의 시'를 넘어서려 고 했다. 90년대의『일과시』는 80년대의 이 정신을 계승하면서도 시가 인식이고 실천이고 무기이기 위해서는 그것이 무엇보다도 삶 자체일 필 요가 있다는, 본연적(本然的)이고 오래된 생각을 90년대의 지평 속에서 새롭게 제기하고 있는 것이다. 이것은, 스스로 자본의 일부(가변자본)가 되어 노동하는 존재(노동자)로서의 이들에게, 시쓰기가 자신들을 파괴하 는 자본의 시간(노동 시간)에 저항하면서 삶을 보존하고 살려 나갈 수 있는 더 없이 소중한 활동으로 주어져 있었음을 의미한다.

2

이제 우리는 '무엇이 변했고 무엇이 살 만해졌냐'는『일과시』2집의 항의와 그들 나름의 시대 진단에 대해 생각해 보아야 한다. 왜냐하면 『일과시』는 1집에서 5집에 이르기까지 내용과 표현에서 커다란 변화를 보이지 않기 때문이다. 동인들이 삶을 드러내는 주된 방법은 자신의 노 동에 대한 시적 비판을 통해서인데 그들의 한결같음은 실제로는 그들의 삶이 예나 지금이나 노동에 묶여 있다는 사실에서 온다. 1990년대 초에 쓰여진 1집의 시들은 물론이고 1999년에 쓰여진 5집의 시들도 — '노동 이 이 세상을 건설하며 노동자가 그 주역이다'는 식의 노동에 관한 고 루하고 이데올로기적인 예찬론의 잔재를 지닌 몇 편을 제외하면 — 노 동에 대한 절규에 가까운 비판들로 채워져 있다.

산처럼 떠억 버티고 서서/들머리를 하겠다며/1톤짜리 철근 한 다발을 번쩍 들어/어깨 위에 올려주는 오야지 최씨//무너지지 말자 이를 악물며/버티고 서서 한 걸음만 한 걸음만/마음은 간절한데/두 다리는 땅 속으로 꺼져 들어가고/캄캄한 절망이 철근보다도 무겁게 짓눌러 와/자지러지며 꿈에서 깨어난 새벽 네 시/낮에 온종일 철근을 메고/꿈속에서도 밤새 철근을 메고/그러고도 메어 날라야 할 철근더미가/산맥처럼 끝없이 길을 막는/철근쟁이의 삶/식은 땀에 젖은 노곤한 몸으로/이불 속에서 뒤척이다가/울컥/뜨겁게 솟는 눈물/(김해화, 「새벽에 쓰는 편지」, 1집)

'낮에 온종일 철근을 메고 꿈속에서도 밤새 철근을 메는' 끝없는 노동과 '울컥 뜨겁게 솟는 눈물'. 이것이야말로 『일과시』가 마치 화두(話頭)처럼 두고두고 곱씹는 주요 주제이다. 그리고 이것이야말로 포스트모더니즘에서는 의식적으로 배제하는 주제이거니와 리얼리즘을 자처하는 많은 문학들에서도 사라지거나 희미해져 버린 주제이다. 그렇기 때문에 이 주제야말로 『일과시』의 시적 독특성(singularity)을 구성한다고 해도 과언이 아니다.

김해화의 「철근」 연작에서 가장 비장한 모습으로 드러나는 이 주제는 공사장 일용 노동을 그린 김기홍의 시에서 변주되고 지하철 노동자 이한주의 시에서는, '아침 아홉시에 출근하면/다음날 아홉시에 퇴근하고/아침 아홉시에 퇴근하면/비가 오나 눈이 오나/일요일이나 빨간날이나/또 그 다음날 아홉시에 출근해야 하는/똑딱똑딱/스물 네시간 맞교대'(「스물 네시간 맞교대 나는」, 3집), 혹은 '25000V 전차선 아래/천둥 번개가 또 다시 치더라도/철제 호루라기를 입에 물고/밤새도록 울어야 합니다/서울역 수송원 나는'(「천둥 번개 호루라기」, 5집) 등에서 보이듯, 해학적 필치로 그려진다.

『일과시』의 시들에서 노동은 끝없이 지루하고 고되고 위험하다. 그러나 노동자들은 가난에서 벗어나지 못한다. 자본의 축적이 동시에 프롤레타리아의 축적임을 증명하듯 신한국을 드높이 올려 세운 이들은 그 변두리로 밀려나(김해화, 「철근의 눈」, 3집) '밤마다 숨가쁘게 산을 타고 올라야' 보이는, '무너질 것 같아/어깨 걸고 버티는' 산동네(김용만, 「산동네」, 1집)에 살거나, '올해는 멸치가 비싸다는 소문이 나면/쓰레기통에 멸치 대가리도 찾아보기 힘드는 곳'(서정홍, 「내가 사는 곳」, 4집)에 산다. '전국에 수만 채의 아파트를 짓고도 아파트 한 채 갖지 못한' 이들은 '문패도 번지도 없는 주소 불명의 세대주'가 되어 '쫓겨나지 않는 하늘의 새'나 '천지 들녘에 억세게 뿌려진 들꽃'을 부러워하며 산다(조태진, 「이 지상에 집 한 칸」, 5집). 이런 상황에서 그들의 아들이 빈집을 털게 되는 것은 오히려 자연스럽다.

그해 봄 버짐 핀 꽃으로 배회하던 소년은 빵을 훔치다 들켜 파출소로 연행됐고, 낯익은 순경은 "이 새끼 또 왔어!"라며 귓볼을 후려쳤으며 빵집 주인은 미성년자를 처벌할 법이 없다는 말에 구멍 뚫린 법이라고 탄식하고는 돌아갔고, "빵을 얻는 것보다는 훔치는 것이 쉬웠다"고 진술한 소년은 뺨 몇 대를 맞고는 훈방됐다.(조태진, 「빈집털이 소년」, 5집)

이 시는, '배를 채울 빵을 얻기 위한 도둑질'이라는 19세기 자본주의 형성기의 주제가 21세기를 눈앞에 둔 지구적 자본주의의 시대에도 변함없이 재생산되고 있음을 보여준다. 이것은 결코 시인의 현실감각의 부족이나 착시의 결과가 아니다. 오늘날 우리가 눈으로 보는 극단화된 빈부 격차와 사회적 적대의 현실은, 자본주의적 근대화 혹은 경제발전이 궁핍과 적대를 해소시킬 수 있을 것이라는 발전주의자들의 주장이 노동력의 동원을 위한 구호에 지나지 않았음을 확인시켜 준다.

아마도 『일과시』가 세상이 변했다고, 오늘은 달라져야 한다고 말하는 사람들에게 '벗이여/새로움이란/새 옷을 갈아입는 것이 아니네/이렇게 거짓없이 낡아 가는 것이네'(김해화, 「새로움에 대하여」, 3집)라고 응답하게 되는 것은 이 불변하는 적대의 현실을 벗어나기 보다 그 똥거름 속에 주저앉아 '작업복 속의 아름다움'(김해화, <시작노트>, 2집)을 일구어 내려는 결의의 표명인지 모른다. 최근작 모음인 5집에 실린 많은 시들은 박정희 정부 이후 지금까지 이데올로기적 동원, 유혈적 폭력, 그리고 무엇보다도 시장이라는 장치를 통해 추진되어온 초고속의 경제발전이 오늘에 와서 그 동력인 노동자들을 더욱 심화된 고통 속으로 빠뜨렸음을 드러내 준다.

그 심화된 고통의 핵심은 실업이다. '정미소 꺼끄러운 왕재 담는 일이나마' 단비처럼 여겨 '새벽마다 아장 운다는 산길을 내달렸던' 김기홍의 「개꽃」의 화자(話者)는 '왕재를 쏙쏙 빨아 들이는 기계'에 의해 쫓겨나고, '쎄빠지게 일해 공사기간을 단축시켰던' 나이든 노동자들은 감원명령에 오히려 스스로 밥줄을 단축시킨 셈이 된다(오도엽, 「밥줄단축」). 또 아세아시멘트 덕소공장은 '허허 벌판에 싸이로를 세운지 십 사 년'만에 두 배로 커지고 출하량은 다섯 배로 늘었지만 '오십이 넘은 한 반장'은 제천으로 발령이 난다(김명환, 「송별회」). 북경에서 간판일을 하던 김용만이 골병이 들어 쉬게 되고, 철근 일을 하던 김해화가 발목을 다쳐 쉬게 된 것도 학교에서 군대로, 군대에서 공장으로, 공장에서 감옥으로, 감옥에서 병원으로, 병원에서 무덤으로 기나긴 구금(拘禁)과 폐절화(廢絶化)의 여정을 밟게 되는 노동자의 일생에서는 결코 뜻하지 않은 우연일 수 없을 것이다.

자본은 노동자들의 계급적 결집이 상대적으로 약한 때에는 노동시간 연장과 같은 보다 직접적인 착취 방법을 동원했다. 하지만 노동자들의 결집이 상대적으로 강한 오늘날에는 과학기술과 기계를 생산에 응용함으로써 노동자들의 일부를 사회로부터 축출함으로써 노동자들의 계급적 결집력을 약화시키는 간접적 방법을 사용한다. 그렇기 때문에 노동강도 강화, 노동시간 연장과 마찬가지로 노동을 절약하기 위한 기계의 도입 역시 노동의 저항을 진압하기 위한 자본의 투쟁무기의 하나에 지나지 않는다고 할 수 있다. 이런 맥락에서 보면 토지를 비롯한 일체의 생산수단에서 쫓겨나 자신의 노동력을 팔 수밖에 없게 됨으로써 불가피하게 선택하게 되는 취업이 계급간 싸움의 결과이듯, 기계에게 일거리를 빼앗기고 거리로 추방당하는 실업 역시 계급간 싸움의 결과이다.

앞에서 우리는 『일과시』가 그리는 노동이 지루하고 고되고 위험하다고 말했다. 그렇다면 그 노동으로부터 벗어나는 것을 의미하는 실업은 어떠할까? 5집에 실린 시들은 강제된 노동박탈로서의 실업이, 자발적인 노동거부로서의 파업이나 노동시간 단축과는 달리, 강제된 노동부과로서의 취업과 다름없는 혹은 그보다 더 큰 고통을 수반함을 보여준다. 지난 97년 말 이후 한국 경제가 직면한 위기 상황에서 노동자에게 닥친 삶의 위기를 농축하고 있는 다음 시를 보자.

일만 보고 살던/한 노동자가 위험하다//노동자인 남자/남자만 보고 살던 한 여자/여자의 남편이 위험하다//노동자인 아버지/아버지만 보고 사는 아이들/아이들의 아버지가 위험하다//여자의 남편인/아이들의 아버지인/노동자/한 노동자의 아내와 아이들이/위험하다//한 세상이 위험하다(김해화, 「지금」)

시인에게서 실업은 노동자인 남자, 그의 아내와 아이들을 위험하게 만들며 결국에는 세상을 위험하게 만든다. 가을이 되어 거리에 '쏟아진 은행잎처럼 모가지가 떨어진' 남자는 인력시장에 나가 차례를 기다리며 은행나무에 등을 기대고 앉아 있다(김해화, 「은행나무 아래서」, 5집). 실업의 증가는 노가다와 같은 일용직 노동이나 간병인과 같은 임시직 노동들을 증가시키고(서정홍, 「제수씨」, 5집), 여성과 아동을 노동 시장으로 방출하며(문영규, 「질투」, 4집; 이한주, 「두 하늘 두 세상」, 5집) 그리움에 못 견딜 이민 노동을 떠나게 만든다(김용만, 「연」과 「달밤」, 5집). 노동자의 아들이 빈집을 털 때(「빈집털이 소년」, 5집), 그의 아버지는 무기고를 털 생각을 한다(김명환, 「봄비」, 5집).

그런데 무기에 관한 생각, 그리고 살인에 관한 생각이라면 취업하여 일하고 있던 사람들이 먼저 했던 생각이 아닌가?

나는 하루에도 열두 번 아니/열두 번도 넘게/살인을 한다//나의 무기는 어디에고 있다 내 손이 닿는 곳이라면/공사장 구석에 뒹구는 각목/녹슨 철근토막/부스러진 벽돌조각/휘어진 못 하나/그 뿐만 아니라/망치 톱 갈쿠리 드라이버 몽키스패너/우리들의 노동과 만나면 곧바로 피가 통하는 우리들의 연장도 나와 함께 살인을 한다//이를 갈면서/치를 떨면서/나는 죽은 자를 다시 죽이고/죽어 되살아나는 그를 또 죽인다//죽어 넘어진 자의 추악한 가슴을 밟고 서서/어울물을 거슬러 오르는 은어의 몸짓처럼/찬란하고 힘차게 죽은 자들의 세상을 거슬러 오르며/그의 아비를 그 아비의 아비/그 아비의 할아비까지/압제와 착취의 역사가 복제 해내는/더러운 역사를 뒤집어 엎기 위하여/나는 날마다 살인을 한다//살인을 위해/갈고 닦는 나의 적개심/불같이 뜨거운 이 적개심이/오늘은 뜻밖에 시가 된다/살인보다도 더 뜨거운/시가 된다/시가 되어/시보다도 더 치열하게 살인을 한다.
(김해화, 「살인」, 2집)

　　모든 노동대상들과 노동수단들을 무기로 상상토록 만드는 것이 임금노동의 고통이었음은 앞에서 이미 살펴보았다. 실제로 실업의 증가는 취업 노동자들을 편안하게 하는 것이 아니라 더 강도 높은 노동(이한주, 「천둥 번개 호루라기」, 5집)으로, 더 치열한 경쟁(이한주, 「빽」, 5집)으로 몰아 넣는다. 이들은 '하루도 쉼 없이/일 박 박 돌고 돌아야/가계부에 붉은 줄 치지 않고/부모님 용돈이라도 드릴 수 있기' 때문에 휴무가 와도 가슴이 무겁다(이한주, 「일공휴무」, 5집). 문영규의 「노역일기」(4집)을 비롯하여 노동의 고통을 그린 『일과시』의 많은 시들은 노동자의 삶의 위기가 취업(그것이 일시적으로 혹은 특정 지역에서 완전고용에 접근한다 할지라도)을 통해 해결될 수 있는 것이 아님을 말해 준다. 이는, 그 위기가 실업자와 취업자의 분할을 통해 노동자들을 경쟁시킴으로써 노동자계급의 힘을 약화시키며, 노동력을 팔지 않을 수 없는 조건을 계속적으로 만들어 냄으로써 노동의 삶, 노동의 나날을 부단히 재창출하는 적대적 인간관계의 폐지가 실업 노동자와 취업 노동자 모두가 직면한 삶의 위기를 해결할 수 있는 유일한 길이라는 생각을 갖게 한다.

3

하지만『일과시』는 이러한 결론으로 곧장 나아가기보다 뼈아픈 현실로부터 희망들을 다듬어 내는데 훨씬 더 큰 관심과 정성을 기울인다. 이 알알의 희망들에 대한 시적 조탁(彫琢)의 노력들은 소중하다. 왜냐하면 노동자가 노동 속에서 착취당하고 가난에 시달리며 실업으로 고통받는다는 이야기 속에는 희망이 깃들 틈이 없으며, 그 고통을 끝내기 위해서 적대적 인간관계의 폐지가 필요하다는 이야기는 아직 공허하기 때문이다.

노동자들의 수난을 그린 (노동을 관찰자적 입장에서 그리는 시들에서 흔히 등장하는) 한 무더기의 형상들은, 자본이 세상을 마음대로 주무를 수 있으며 그래서 역사는 자본의 독백일 뿐이라는 식의 편협한 생각을 불러일으킬 위험이 있다. 그리고 이런 이야기들은 우리들에게 한 순간의 공분을 불러일으키기도 하지만 많은 경우 희망보다는 절망과 탄식을 불러일으키는 것으로 귀결되곤 했다. 그리고 고통스런 삶에 대한 형상들보다 적대적 인간관계의 폐지에 관한 주장들을 강조하는 창작 경향은 목적을 실현한 실제적 힘을 찾으려 하기보다 현실에 자신이 생각해낸 목적을 아무런 매개 없이 투사하고 부과하는 맹목성과 성급함의 표현인 경우가 적지 않았다.

스스로 노동하는 사람들의 모임인『일과시』의 미덕은 아픈 노동의 현실을 떠나지 않으면서도 그 현실 속에 뚫린 틈새를 찾아내고 그곳에서 희망의 힘을 읽어 내려 애쓰고 있다는 점에 있다. 이것은 앞서『일과시』의 시적 독특성을 구성한다고 말한 것 중에서 '울컥 뜨겁게 솟는 눈물'의 힘을 찾아 나가는 것과 관련된다. 앞서 인용한 바 있는「새벽에 쓰는 편지」는 이렇게 이어진다.

일어서자 무너지지 말자/흔들리지 말자 주먹을 불끈 쥐어도/기레빠시로만

버려져 온 다짐의 세월 속에서/오래된 철근토막처럼 녹슬어버린 이름들/
준이 마빡 경석이 … /뜨거운 이름들 몇 건져내어 눈물로 닦는다/반짝반짝
광이 나게 닦는다

끔찍한 노동 끝에 '울컥 솟는 눈물'은 결코 자본이 흘릴 수 있는 것
이 아니다. 자본에게 눈물이 없다는 것은 그들이 살아있지 않고 죽었다
는 것을 의미한다. 눈물은, 시가 그렇듯이, 삶의 용출(湧出)이다. 눈물이,
시와 마찬가지로, 사람을 정화(카타르시스)시킬 수 있는 것은 이 때문이
다. 그렇다면 이 정화의 힘은 어디로 흘러가는가? 친구를 찾는 일. 시인
은 '철근토막처럼 녹슬어 버린 이름들', 그 옛 친구들의 '꼬깃꼬깃한 주
소를 끄집어내어' 절망 대신 편지를 쓴다.

온전히 일당이라도 챙겨받음시로/잘 있는가 모르겠다/쐬같이 살자 죽어도
죽지 말고/우리들이 아니면 누가 우리들을/보듬어나 줄까 잊지 말자

노동의 쓰라림 끝에 치켜드는 무기의 힘은 눈물 끝에 찾는 친구들의
힘과 결합됨으로 비로소 혁명적 힘으로 성숙될 수 있다. 자본주의적 축
적 과정에서 기계보다 노동자들 자신이 더 핵심적인 생산력이듯이, 무
기보다 더 큰 전복의 힘은, 아니 무기들을 진정으로 무기이게 하는 힘은
노동자들 자신의 단결에 있다. 분노 끝에 찾는 무기보다 눈물 끝에 찾는
친구들이 더 아름다운 것은 이 때문이다. 물론 『일과시』의 모든 시들이
친구들에 대한 그리움으로 열려 있는 것은 아니다. 어쩌면 이것은 눈물
이 흘러드는 가장 넓은 곳, '불빛 환한 강가'(2집 서문)인지 모른다.
  『일과시』의 많은 시들은 자본이 남긴 상처를 쓰다듬고 치유하는 곳
으로 눈물을 흘려 보내면서 잃어버린 소중함들을 상기시킨다. 파괴된
공동체들에 대한 그리움을 형상화한 많은 시들이 그렇다. 서정홍은 '새
로 생긴 산복도로'가 갈라놓은 고향 마을을 생각하며 그리움에 잠긴다(「
슬프도록 아름다운 그리움이」, 5집). 그 고향 마을은 가난과 허기, 그리고

싸움의 기억으로 얼룩져 꿈에라도 떠올리기 싫던 마을이었지만 노동의
거친 세월은 시인으로 하여금 그곳에 '가난한 살림살이 눈물 많던 사람
들. 밥 한끼 굶어도 서로 술 한 잔 나눌 줄 알던 사람들..밤새 싸우고 엉
어터져도 날만 새면 언제 싸웠느냐는 듯이 웃고 지내던 사람들'이 살고
있었음을 깨우쳐 준다. 또 시인은 그곳에 살던 할머니를 통해 '우리가
눈 똥이 논밭 거름이 되고/다시 밥이 되고 반찬이 된다'(「우리 할머니」)
는 생태론적 지혜를 배운다. 김용만의 눈물은 '아내와 아이들', 그리고
알밤처럼 흩어지는 자식들을 안스러이 바라보는 '어머니'에게로 흐르는
데 가족이라는 웅덩이로 흘러든 이 눈물이 그 안스러움의 힘을 모아,
'불빛 환한 강가'의 친구들에게로 다시 흘러나오기 위해서는 더 긴 기다
림이 필요할지 모른다.

4

　　다양한 시들이 눈물을 곧장 친구들에게로, 그 열린 공간으로 흘려 보
내기 전에 (혹은 그와 동시에) 그것을 잃어 버린 옛 공동체의 기억들의
미로로, 정든 가족들의 웅덩이로 흘려보내는 것은 어쩌면 더 많은 친구
들의 더 깊은 만남을 위해 반드시 필요한 일인지 모른다. 왜냐하면 그
미로나 웅덩이들에도 우리의 친구들이 숨어살고 있을 것이기 때문이다.
친구들은 대로에만 있는 것이 아니라 저 변두리 실개울들에도 얼마든지
있을 수 있기 때문이다. 자본주의의 주도(主都) 영국 런던의 프롤레타리
아에게서 자본을 전복할 힘을 찾던 마르크스가 말년에 러시아의 후미진
농촌 마을에 눈을 돌리고 오래된 공동체인 미르에서 러시아 혁명의 힘
을, 혁명의 친구들을 찾았던 사실은 지금까지 주목받지 못해 왔다. 그것
이 그의 혁명 사상의 중요한 전환을 표현하는 것인데도 말이다. 우리의
친구는 어디에 있는가? 누가 우리의 친구인가? 라는 문제는 이처럼 평
생을 두고 다시 생각해 나가야 하는 문제이며 우리의 역사적 운명을 결

정짓는 문제이기도 하다. 이 생각의 끝에 길을 막고 서는 것은 앞에서 다룬 2집의 서문과, 같은 책에 실린 김해화의 짤막한 <시작노트>이다.

> 가고 싶으믄 가그라/보내놓고 돌아서니 혼자다/외로운 세상은 더럽게 질 퍽거리고/이를 악물며 나는 이 세상을 건너 간다/떠나가서 옷을 갈아입은 느그들은 참 이쁘것재?/그런디 느그들 앞으로 내 시 절 대 읽 지 마 라./인 자는 우리들의 작업복 속에 묻혀 있는 아름다움 훔쳐다가/팔아 묵지 말아 라 이 개새끼들아.

이것이 2집 서문에, 그리고 「새벽에 쓰는 편지」에 나오는 '언제나 그 랬듯이 우리는 우리일 뿐'이라는 생각의 연장임을 알아차리기란 어렵지 않다. 그런데 그 서문에서는 떠나 버린 연인을 용서하고 새로운 사랑의 철골을 박기 시작하지만 여기에는 그 용서가 없다. 떠나 버린 옛 연인에 대해 '내 시 절대 읽지 말고 우리들의 작업복 속에 묻혀 있는 아름다움 훔쳐 팔아먹지 말라'는 경고와 더불어 '개새끼들'이라는 욕설이 덧붙는 다. 아니면 2집 서문에서 그랬듯이 욕설을 한 다음에 용서를 할 것인가?

하여튼 이것은 '우리들의 작업복 속에 묻혀 있는 아름다움'을 긍정하 기 위한 강한 부정의 태도이다. 실제로 『일과시』는 이 '우리들 작업복 속의 아름다움'을 캐내는 데 지난 8년을 모두 바쳤는지 모른다. 김해화 의 「철근의 눈」(3집)이나 이한주의 「철도 노동자로 산다는 건」(4집)은 노 동 속에 숨어 있는 아름다움을, 김용만의 「산동네」(1집)나 손상열의 「구 로동 칠팔삼번지」(1집) 그리고 오도엽의 「아침이 즐겁다」(5집)는 작업복 입은 사람들이 사는 곳의 아름다움을 그려낸다. 『일과시』의 눈길은 작 업복 입은 사람들을, 그들의 고됨과 허기와 사랑을 떠나지 않는다. 이들 의 시에는 요란스러운 정보시대 혹은 멀티미디어의 시대의 모습을 찾아 보기는 극히 어렵다. 인터넷은커녕 컴퓨터마저도 거의 등장하지 않는다. 단 한 번 등장하는 컴퓨터는 노동자를 괴롭히는 괴물 같이 두려운 기계 로 묘사된다.

가래라도 뱉을라치면/검은 실타래가 졸졸 말려오는 지하실/환풍기라도 한 대 더 있었으면 하는/우리의 마음을 아시는지 모르시는지/지난 달 순자는 몇 장을 빼고/옥순이는 잔업을 몇 시간 더 했는지/새로 들여온 컴퓨터가/마냥 신기하기만 한 우리 사장님//위원장님 공판 때 했던 조퇴와/세수도 하지 못하고 뛰어왔던/5분 지각까지도/줄줄이 외워대는 컴퓨터 앞에서/우린 어느새/얘는 몇 장짜리/쟤는 얼마짜리/컴퓨터만도 못한 미싱이 되고 맙니다//밤새워 자판을 두드리는데도/고장 한번 나지 않는다고/대견스러워하시는 우리 사장님/아침부터 조여오는 생리통에/몇 번이고 조퇴를 입에 올려보지만/빨갛게 찍혀 나올/샘물체 컴퓨터가 두려워/말도 꺼내보지 못하고/죽어라고 밟아대는 저희 몸은/하루밤새/자꾸자꾸 고장만 납니다(이한주, 「컴퓨터」, 4집)

기계화, 정보화, 그리고 지구화. 자본이 외쳐대는 이 슬로건들은 육체 노동자들에게는 두려운 것이다. 그것은 그들에게는 통제와 배제, 그리고 축출을 의미한다. 그것들은 자본이 자신에게 복종하지 않는 노동의 힘을 타도하기 위해 사용하는 무기이기 때문이다. 위 시에서 컴퓨터 앞에서 보이는 노동자들의 불안과 공포의 감정은 이런 맥락에서만 제대로 이해할 수 있다. 조태진은 자본의 이 잔인한 공격에 의해 육체 노동자들의 숙련이 파괴되고 무용지물로 되는 모습을 사실적으로 그리고 있다.

무릎에 댄 가죽갑바 걷우웠다/낡은 신기료는 낡은 구두 한 짝 없는 이 세상 쓸모없어/양지바른 산이 되었는지 자취를 감췄고/멋쟁이 삐딱구두 바람둥이 백구두 회사원 꺼먹구두/본드냄새 지겹도록 붙이고 꿰매고 못질 하던/양화공 그는 은행빚으로 정육점을 차렸고/언제는 맞춤복이 최고라더니 더런 놈들/대폿집에서 소일하던 남산동 양복쟁이는/날품팔러 노가대로 나섰으나/열 몇살 적부터 아현동 농방공장에서/얻어 터지며 기술 배웠다는 그 놈/자개농 은빛무늬 자랑을 감추고 당구장을 배회한다/메뚜기도 한 철이라더니 몰랐구나/숙련의 한 우물만 파던 이 재주/헌 신짝 취급에 누구도 모른척 하고/콘베어벨트에 실려 쏟아져 나오는 저 상품들/어찌 해 볼 수 없어 패잔병으로/밀려난 변두리 골목어귀에 술내기 윷을 놀고/갑갑증 달래던 삼봉에 뒤틀려 멱살잡이를 하네/얼굴도 녹슬어 저물어가는 목숨들/선술집에 모여 허기를 달래며/가봉하던 핀의 추억과/해진 구두를 깁던 수선공의 이야기들/구시렁구시렁 해거름 지고/어둠 속으로 사라져 보이지 않는/오, 이제 필요치 않는 그네들의 오래된 노동(「오, 그들의 노동」)

컨베이어벨트가 숙련을 대체한다. 그 결과 숙련 노동자들이 어둠 속으로 사라지고 기계의 리듬에 자신을 맞추어야만 하는 대중 노동자가 출현한다. 문영규의 시들에서 부분적으로 나타나는 창원공단 조립공장의 노동자들이 그 한 예라고 할 수 있다. 그런데 조태진의 그림은 1990년대 말 한국에서 벌어지고 있는 대중 노동자의 축출에 대한 그림은 아니다. 숙련 노동자들을 대체했던 대중 노동자들은 오늘날 정보화-지식화 드라이브에 밀려 거리로 내몰리고 있다. 자동차, 조선, 석유화학 등 중공업 노동자들이 거리로 내몰리고 있는 것이다. 지식인이 '부가가치(즉 이윤)를 생산하는 인간'으로 재정의되고 (지구화의 언어적 무기인) 영어, (정보화의 무기인) 컴퓨터를 익히지 못한 사람들은 축출된다. 그럼에도『일과시』에는 이제 축출의 시련을 맞고 있는 이들 대중 노동자의 모습을 찾아보기가 쉽지 않으며, 작업복 대신 양복을 입은 사무직 노동자나 공구 대신 컴퓨터로 작업하는 지식 노동자의 모습은 더욱 찾아보기 힘든다.

김용만, 문영규, 김해화, 김기홍, 김명환, 조태진 등을 포함하는『일과시』의 나이 든 세대는 이제 돌이킬 수 없을 만큼 변두리로 밀려난 숙련 노동자의 감성을 절절하게 표현한다.

높다는 것이 얼마나 큰 그늘을 만드는가/입동 지나 벌 모레면 겨울인데/드높이 올라간 신한국의 변두리로 밀려난/우리들의 세상은 벌써 춥고/그늘은 얼마나 깊은가/깊은 한숨 끝/고개를 돌리는데/반짝이는/수많은 눈빛/저 빛나는 눈들은 무엇인가/해묵어 녹슨 철근 무더기에서 골라 모아/어제 우리가 바루고 키 맞추어 잘라다 넣은/복리동 지하층 옹벽 철근(김해화, 「철근의 눈」, 3집)

그런데 그 아래 세대 동인들을 통해서는 이미 이와는 다른 감성들이 표현되고 있다. 예컨대 이한주의 시에서 축출의 위기를 맞고 있는 대중 노동자의 감성이 다소간 해학적으로 표현되며 점차 문명비판적 방향으로 나아가고 있는 손상열의 시에서 작업복은 현실이라기보다는 지워지지 않는 기억일 뿐이다.

어려움은 여기에 있다. 자본이 80년대의 투쟁을 통해 구축한 노동자 계급의 정치적 구성을 와해시키고 있는 지금, 다시 말해 '우리'가 빠른 속도로 변두리로 밀려나고 있는 상황에서, '우리는 우리일 뿐'이라고 다짐하며 우리를 '떠나는' 사람들과 쉽게 결별할 때 희망은 과연 어디에 있는 것일까? 운동을 하다가 가 버린 사람들은 어디로 간 것일까? 그 중에는 '작업복을 벗어버리기 위해' 떠난 사람들도 있을 것이다. 하지만 90년대에 닥쳐온 운동의 해체, 그리고 활동가들의 변모는 변절이나 위선과 같은 도덕적 용어를 가지고 만족스럽게 설명할 수 있는 문제가 아니다. 그러한 용어들은 현실의 복잡한 전개를 지나치게 단순화시킴으로써 우리를 혼란스럽게 만들 수 있고 또 불필요한 오해 속에서 서로의 단결을 방해할 수 있다. 그 문제를 좀더 깊은 차원에서 이해하기 위해서 우리는 낡은 계급구성의 와해와 계급재구성의 지평으로 내려 가지 않으면 안 된다.

조태진이 「오, 그들의 노동」에서 적실하게 표현했듯이 오래된 노동의 축출은 계급간 투쟁에서의 패배를 함축한다. 자본은 부단히 노동의 새로운 방식, 노동의 새로운 영역을 개척함으로써 낡은 노동 영역에서 노동자들이 구축한 권력을 와해시킨다. 90년대에 들어 자본이, 80년대 말의 혁명적 투쟁을 통해 대중 노동자들이 현장에서 구축한 권력을 해체시킬 때 사용한 주요 무기는 총칼과 이데올로기라기보다는 오히려 자본의 산업으로부터의 이탈과 금융자본화였다. 그 결과 산업노동의 비중은 크게 약화되었고 그만큼 육체 노동자들의 힘도 줄어들었다. 산업 노동자들의 헤게모니를 주장하며 노동현장에 결합했던 활동가들이 '깃발을 들라 전망을 갖으라 노래하라'며 피웠던 '한바탕 난리'는 대중 노동 자가 투쟁을 이끌던 당시 노동자 계급의 정치적 구성에 기반을 둔 것이 었다. 90년대에 이들이 '파장의 쓸쓸함'을 남긴 채 떠나게 되는 것은 자 본의 신자유주의적 반격으로 육체직 산업 노동자를 중심으로 짜여졌던 노동자 계급의 정치적 구성이 와해되었기 때문이다. 계급적 대의를 버 리고 자신의 존재기반을 옮겨버린 일부의 명망 높은 사람들을 논외로 하면, 많은 활동가들의 변모는 새로운 계급구성에 적응하기 위한 모색 을 함축한다. 따라서 그들의 떠남은 옷을 갈아입기 위한 떠남이라기보 다 투쟁의 다른 자리, 또 다른 투쟁의 가능성을 찾는 떠남으로 볼 필요 가 있지 않을까?

그럼에도 불구하고 '우리는 우리일 뿐'이라는 자기 확인은 중요하다. 지금까지의 운동들이 흔히 중심을 세우면서 변두리 집단의 종속을 주장 해 왔고 그것이 계급적 단결력의 약화를 가져왔다는 점에서 특히 그러 하다. 노동자 계급의 각각의 집단들이 다른 집단들로부터 자율적일 때 그리고 그들 사이에 어떤 위계화도 존재하지 않을 때 그리하여 그 각각 의 집단들 사이에 투쟁의 자유로운 공명(共鳴)이 가능할 때, 노동자들의 위계화를 통해 서로를 경쟁시키고 이로써 노동자들의 투쟁력을 약화시 키려는 자본의 기획은 무력해진다. 이런 시각에서 볼 때 『일과시』가, 이 제는 무용지물이 되어가거나 혹은 노동 세계의 변경으로 밀려나버린, 그러나 엄연히 존재하고 있는 낡고 오래된 노동의 입장에서 그 감성을 노래하고 표현하는 것은, 그 어느 누가 진부하다고 타박한다 할지라도, 극히 정당하며 아름다운 것이다. 왜냐하면 그들의 감성은, 노동자 계급 의 어떤 다른 부문도 표현할 수 없는 그들 고유의 것이기 때문이다. 그 리고 변두리의 인간들은 역사 속에서 중심에 있는 사람들 못지 않은 (때 로는 그보다 더 큰) 혁명적 힘을 보여왔다. 그렇지만 변두리의 힘만으로 변두리 인간들의 고통은 결코 풀리지 않는다. 왜냐하면 변두리와 중심 의 구획은 삶의 기획이 아니라 자본의 기획이며 그것이 언제나 자본에게 이익이 되어 왔기 때문이며 삶의 심층에서 변두리의 인간들과 중심의 인간들은 항상 연결되어 있기 때문이다. 그러므로 '우리'는 항상 더 큰 우리의 일부임을 확인하는 것이 '우리가 우리임'을 확인하는 것 못지 않게 중요하다.

노동자 계급은 이제 작업복을 입은 사람들로만 구성되어 있지 않다. 공구보다는 키보드로 작업하는 노동자들이 빠르게 늘어난 결과 이제 (상징적 의미에서) '작업복을 벗은' 노동자들의 수가 '작업복을 입은' 노동자들의 수보다 더 많아지고 있다. 그리고 그들이 자본에 대항해 벌이는 투쟁도 점차 늘어나고 있다. 그들의 투쟁은 비록 모양은 다르지만(예컨대 해커들의 투쟁을 생각해 보라) 작업복을 입은 노동자들이 벌이는 투쟁과, 자본관계를 해체하고 삶의 시간을 확대시킨다는 점에서, 서로 연결되는 것이다. 혹시 떠나버린 그 옛 '연인'들이 그곳에서 자본에 맞서 싸우고 있을 수도 있지 않겠는가?『일과시』가 '새로운 사랑의 철골'을 박고 있을 때 그들 역시도 '새로운 사랑의 프로그램'을 짜고 있을 수도 있는 것이다. 있을 수 있는 재결합과 상호보완의 가능성을 버린 채 분리를 고수한다면 이로운 것은 자본뿐이다.

그러므로 우리가 각자 선 자리를 떠나지 않으면서 시야를 넓힌다면 친구는 어디에나 있다. 가까이에도 있지만 바다 건너 멀리에도 있을 수 있다. '오래된 철근토막처럼 녹슬 정도로' 오래된 친구들도 있을 것이지만 그들이 무엇을 하는지 쉽게 이해하기 어려울 정도로 새로운 친구들도 있을 수 있다. 황색 피부를 가진 친구도 있겠지만 피부가 희거나 검거나 갈색인 친구도 있을 수 있다. 오늘 도시에 사는 사람들 가운데 우편배달부가 나르는 편지보다 컴퓨터 통신이나 인터넷의 전자메일을 통해 친구를 사귀는 사람들의 수는 점점 더 늘어가고 있다. 그래서 컴퓨터는 노동자를 추방하는 무서운 기계이기도 하지만 노동자 계급 투쟁의 지구적 네트워크를 구축하는 효율적인 도구로 사용되기도 한다. 사회에 대한 자본의 지배가 전면적일수록 노동의 외양을 넘어서는 노동자들의 단결 역시 지구적이고 전면적일 필요가 있다.

　새롭게 재구성된 계급관계의 중심에 서 있는 현대화된 노동자들에게, 변두리로 떠밀린 『일과시』의 노동자 시인들이 전하는 감성은 어떻게 받아들여질까? 갖은 장치들(임금 격차, 사회적 차별대우, 교육수준의 차이 등등)로 노동자들의 감성을 분할하여 그들을 지배하는 자본의 전략이 효과를 발휘하고 있다면 현대화된 노동자들에게 『일과시』의 시들은 고리타분한 옛 이야기로 받아들여질지 모른다. 그렇다고 우리가 현대화된 노동자들에게, 낡은 것을 사랑하는 손상열의 감각, 예컨대 '소란스런 가리봉 오거리보다/으슥한 공단 뒷골목이 늘 정겹다/(...)/우린 이미 알고 있었어/첼로의 느린 안단테 칸타빌라보다/기계소리처럼 빠른 트로트가 어울린다는 것을/악취와도 같은 밤은 그래서 희망적이다/술취한 골목이 들려주는 노래가 귀에 익듯/썩어 가는 것들의 생은 또 얼마나 아름다운가'(「희망에 대하여」, 3집)와 같은 감각을 요구할 수는 없을 것이다. 그러나 시는 죽음과 자본에 맞선 삶의 힘이므로, 삶에 대한 여러 노동자 집단의 갈구가 절실하면 절실할수록, 직업으로 나뉘고 성별로 나뉘고 소득으로 나뉜 다양한 노동자들이, 각자가 캐내고 가꾼 아름다움을 서로 교환하고 소통하는 것은 어렵지 않을 것이다. 이러한 폭넓은 소통과 어울림에 거는 나의 기대는 실제로는 '고단한 세상'을 맴도는 '잘게 부서진 희망을 추려 모아 불빛 환한 강가'를 이루자는 『일과시』의 소망과 완전히 일치하는 것이다. 나는, 『일과시』가 '우리' 사이에서 나누고자 하는 그 연대와 공명의 정신이, 오늘날 공장을 넘어 사회로, 일국을 넘어 세계로, 현실공간을 넘어 가상공간으로 넓어진 계급간 투쟁의 전 무대로, 더 큰 '우리' 사이에로 확장되기를 기대한다. 그 때 『일과시』의 시세계에, 그 내용과 표현에 나타날 미적 심화나 변화를 궁금해하면서.

마이노리티시선 3

한 노동자가 위험하다

초판인쇄 / 1999년 10월 26일
초판발행 / 1999년 10월 29일

지은이 / 일과시
펴낸이 / 조명희
펴낸곳 / 도서출판 **갈무리**
등록번호 / 1994. 3. 3.
등록일자 / 제17-161호

서울 마포구 서교동 385-15호 남성빌딩 2층
전화 / 02-322-3841
팩스 / 02-325-7566

web page   http://galmuri.co.kr
e-mail   galmuri@galmuri.co.kr
참세상 ID   gal21

ISBN   89-86114-25-9   04810
          89-86114-26-7   (세트)

★ 잘못 만들어진 책은 바꾸어 드립니다.

이 동인지에 수록된 시들은 한국문화예술진흥원의 문예진흥기금을 받아 창작되었음.